책제목

메들리 인생

당신의 순간 속 떠오르는
책의 제목은?

책 제목

멜로디 인생

이가은 지음

좋은땅

목차

프롤로그

노래를 떠올리며 지나간 시절을 추억하는 사람들을 만날 수 있다. 영화를 떠올리며 과거를 회상하는 사람 역시 많다. 이처럼 책을 통해서도 특정 상황을 떠올릴 수 있다는 생각을 하게 되었고, 나의 인생을 책의 제목과 엮어 보았다.

책을 읽으며 주의해야 할 점이 있다. 책의 내용과 나의 상황은 관련이 있을 수도 있고 없을 수도 있다는 것이다. 상황에 맞추어 떠오르는 대로 쓴 글이기 때문이다.

글을 쓰면서 책 제목의 중요성을 다시 한번 인지하게 되었다. 제목을 기억하고 있더라도 그것의 중요성을 생각해 본 적은 없었는데, 이 경험 덕에 깊이 생각할 시간을 가질 수 있었다.

『미움받을 용기』에서 '걱정'이라는 것은 인간관계가 없다면 생기지 않았을 것이라고 했다. 그런데 우리는 사회성을 지닌 동물이기 때문에 혼자 살아갈 수 없다. 바꾸어 말하면 인간관계는 필수적 요소라는 것인데, 이는 걱정이 사라질 수 없음을 뜻한다. 걱정이라는 감정을 비롯해 사회 속에서 타인과 상호작용을 하며 느끼는 순간의 감정들이 책의 제목과 함께 기억될 수 있다는 것을 깨달았다. 그리고 이러한 소재로 책을 쓰게 되었다.

책과 함께 생각나는 당신만의 상황이 있을 것이다. 독자들 삶의 한 장면 속 생각나는 책의 제목은 무엇인가?

 * 다시 한번 강조하지만, 책의 내용과 나의 상황은 관련이 있을 수도 있고 없을 수도 있다.

꽃보다 붉은 울음

인생에 대한 자신만의 멋진 철학을 가지고 사시는 M 교수님이 계신다. 수업 내용도 좋아서 인기도 많으시다. M 교수님께서 수업 시간에 김성리 작가님의 『꽃보다 붉은 울음』이라는 책을 추천해 주신 적이 있다. 문득, 교수님의 말씀이 떠오르면서 이 책도 함께 생각이 났다.

'철학은 멀리 떨어져 있지 않다.
꼭 학문으로 배워야만 철학을 행하는 것이 아니다.'

나도 나름대로 철학을 가지고 살아왔을까? 무엇에 대해 생각할 때 바탕이 되는 나만의 철학이 있을까? 이 질문에 답을 찾을 수 있는 방법을 발견했다. 무언가를 선택해야 하는 상황에서 결정을 내렸을 때, 타당한 선택이라는 근거의 이유를 들어 보면 된다. 우선순위로 두는 것이 무엇인지 알 수 있기 때문이다.

나의 상황과는 별개로 책의 내용 중 이야기하고 싶은 부분이 있다. 책의 작가님께서 할머니의 마지막을 지키지 못했다는 내용이다. 안타까웠다. 할머니와 작가님께서 함께해 온 일이 끝난 후, 할머니께서는 작가님께 더 이상 찾아오지 말라고 하셨다. 그때의 할머니의 마음은 어떠셨을까? 오지 말라고 하셨지만 그래도 자신의 소식을 알리고 싶으셨을까, 아니면 정말 오지 않기를 바라셨던 것일까?

간호사라서 다행이야 / 나는 간호사, 사람입니다

나는 간호학과에 다닌다. 언젠가 친구와 병원에 대한 이야기를 하는 도중 이러한 말을 들었다.

'의사도 아니고.'

상대방은 의미 없이 한 말이겠지만 이 여섯 글자를 통해 많은 생각을 했다. '어떤 의미로 한 말일까? 무의식적으로 간호사를 낮잡아 보는 걸까? 어떤 의미냐고 물어보는 편이 좋을까? 간호사에 대한 인식이 문제인 걸까……' 의사와 비교할 수는 없지만 간호사도 병원에서 일하는 의료인이다. 전문직으로 분류된다. 가끔 간호사를 전문직으로 인정해 주지 않는 모습을 보면 속상하다. 중요한 직업인 만큼 국내에서 간호사에 대한 인식이 성장하길 바란다.

더불어 처우 개선도 시급한 문제이다. 간호사 면허증을 가진 사람들은 많은데 왜 병원은 인력 부족 현상에 시달리고 있는가? 당장 임상에서 일하는 사람들은 왜 도망치듯 병원을 그만두는가? 이유를 모르는 걸까, 모르는 척하는 걸까. 관심이 없다는 게 맞는 표현일 것이다. 간호사의 근무 환경이 개선되면 환자들도 좋고 보호자들도 좋을 텐데. 간호가 좋아서 병원을 찾는다고 말할 수 있도록, 간호사들이 간호만을 생각할 수 있는 환경이 만들어졌으면 좋겠다.

곰돌이 푸, 서두르지 않아도 괜찮아

화가 난 후, 화를 가라앉히기 힘들 때가 있다. 내 자신의 기대치를 충족하지 못했을 경우이다. 내가 필라테스를 처음 시작했을 때의 상황을 이야기해 보겠다. 운동 중, 누군가 동작을 시범 보여야 했다. 그 누군가는 내가 되었고, 사람들이 지켜보는 가운데 동작을 잘 소화하지 못해 웃음거리가 되었다. 나는 학원에 다니는 사람들 중 운동을 제일 못 하는 축에 속한다는 것을 알고 있었다. 그런데 시간이 지날수록 실력이 늘어 가는 것이 느껴졌고, 내 자신이 더 잘해 주길 기대했다. 20여 년을 운동 없이 살아왔는데 어떻게 실력이 한순간에 늘겠는가. 높아진 기대치를 몸이 따라가지 않으니 나 자신에게 화만 났다. 더불어 사람들이 지켜보는 가운데 창피까지 당했으니……. 정작 운동을 잘해야 할 필요는 없었음에도 그날은 내가 너무 미웠다. 앞으로의 나에게 부담 갖지 말고, 서두르지도 말고, 처음을 즐기자는 목표 그대로 편하게 다니길 바란다고 이야기하고 싶다.

보통 에세이들은 마음이 따뜻해지고 싶을 때나 다른 생각을 하지 않기 위해, 위로받기 위해 찾아 읽는다. 위 문단의 예시처럼 우울해지고 감정이 부정적이 되는 날의 내 모습 같을 때, 『곰돌이 푸, 서두르지 않아도 괜찮아』를 이야기해 주고 싶다. 무엇이든 잘하려고 서두르며 마음이 조급해지는 순간 우리는 쉽게 자신의 페이스를 잃는다. 서두르지 말고 지긋이 나를 지켜 나가자. 문득 내 삶을 돌아보았을 때, 나만의 꾸준하고 개성적인 발자취를 볼 수 있을 것이다.

군주론

왜 이렇게 공부가 싫은지 모르겠다. 당장 필요한 성적이 있는데도 하기가 싫다. 공부는 싫어서 안 하면서 성적이 안 나올까 봐 스트레스는 스트레스대로 받는다. 오죽하면 공부 대신 읽고 있는 마키아벨리의 『군주론』이 재미있게 느껴질까.

사실, 공부가 되지 않는 나름의 이유가 있다. 여러 곳에서 스트레스를 받고 있기 때문이다. 읊어 보자면, 공부는 공부대로 해야 하는데, 불편한 자리의 약속이 잡혔다. 약 2주간은 마음 편히 쉴 날도 없다. 학기 중보다 방학 때 더 바쁜 것은 기분 탓이려나. (글을 쓰는 지금은 방학이다.) 아르바이트에서 번 돈이며 용돈이며 이번 방학에는 전부 나의 자기 계발을 위해 투자했는데, 이루어 낸 발전은 없다. 영어 학원, 중국어, 필라테스, 봉사활동, 아르바이트……. 왜 이렇게 일을 벌여 놓은 것인가. 하나를 하더라도 제대로 할 것을.

바쁘게 사는 것이 뿌듯하고 좋긴 하지만 오늘같이 다 잊어버리고 쉬고 싶은 날도 있다. 글을 쓰기 위해 따로 시간을 내야 하다니! 이게 방학이 맞는 건가 싶다가도 이럴 때는 뭐든 좋은 점을 생각하면 괜찮아진다고 자신을 다독여 본다.

그런데 또 생각해 보면 몸이 힘들어도 그만두고 싶은 일은 없다. 이왕 벌여 놓은 일이니 하는 날까지는 열심히 하는 게 맞겠다. 투정을 부리고 싶은 오늘 같은 날, 이 글이 일기장이 되어 버린 것 같지만, 적어 보니 마음이 한결 낫다. 그런데 아직은 딱 '한' 결만 나은 것 같다. 사람이 어떻게 단번에 모든 것이 괜찮아지겠는가. 여전히 지금의 나는 마키아벨리의 『군주론』이 가장 재미있다.

곰돌이 푸, 행복한 일은 매일 있어

　오랜만에 중학교 시절의 단짝 친구에게 연락이 왔다. 나에게 간호사라는 직업을 추천해 주고 그 길을 응원해 준 예림짐이라는 친구다. 서로 간간히 연락은 해 왔지만 타이밍이 맞지 않아 한참을 만나지 못했었다. 그런데 약 1년 만에 약속이 잡혔다. 얼마나 행복하던지. 누군가의 연락만으로도 행복해질 수 있다는 것은 축복이다. 『곰돌이 푸, 행복한 일은 매일 있어』라는 책이 떠오른다. 맞는 말이다. 나는 지금 행복하고, 이거면 충분하다.

게으름에 대한 찬양

제일 좋아하는 책의 제목을 하나 뽑아보라고 한다면 버트런드 러셀의 『게으름에 대한 찬양』을 이야기하겠다. 서점에서 제목과 목차가 좋아서 내용도 모른 채 구매하게 된 책이다.

책 제목을 보면 필선이라는 친구가 떠오른다. 느긋하지만 강단 있고, 자신을 남들과 비교하지 않으며, 묵묵하고 끈기 있는 성격을 가지고 있는 사람이다. 느긋하다는 특징이 장점이 될 수 있다는 것을 보여주는 대표적인 사람이기도 하다. 그런데 정작 본인은 자신이 늘 게으르다는 생각을 하며 산다. 신기한 사람이다.

고양이

필선이는 두 마리의 고양이를 키운다. 이름은 절미와 현식이다. 절미는 인생 3년 차가 되니 어느 정도 인간의 말을 알아듣고 대답도 한다. 약간의 대화도 가능하다. 집사(집사는 고양이를 키우는 사람들 사이에서 고양이 주인을 호칭하는 말)를 부를 때는 보통 '야아~'라고 부른다. 기분이 나쁠 때는 미간에 주름이 생긴다. 화가 났을 때의 눈빛은 '이걸 그냥…….' 이러하다. 절미는 사람이 되어 간다. 매일 규칙적인 일정을 수행한 후에는 고단했는지 잠을 잔다. 평소 절미가 어떤 일을 하는지는 모른다. 하지만 절미는 누구보다 근면성실하다는 것을 안다. 절미의 주된 취미는 축구인데, 굉장히 잘한다. 절미는 한 살 형인 현식이라는 고양이와 친구이다. 현식이는 반쯤 누워 물 먹는 것을 잘한다. 절미보다 1년 정도 늦게 가족이 되었는데, 초반에는 낯을 많이 가려서 걱정이 이만저만이 아니었다. 다행히도 지금은 둘도 없는 단짝이 되었다. 둘은 잡기놀이를 자주 하는데, 둘만의 규칙이 있다. 침실부터 거실까지는 현식이가 도망을 가고, 거실부터 주방까지는 절미가 도망을 간다. (집 구조는 하단의 그림을 참고하면 된다.)

베르나르 베르베르의 『고양이』라는 책이 있다. 고양이의 관점에서 이야기를 전개한 책이다. 이쯤 되니 궁금해진다. 절미와 현식이는 인간과 세상을 어떻게 인식하고 있을까?

세상 모든 고양이들이 행복하기를 바란다.

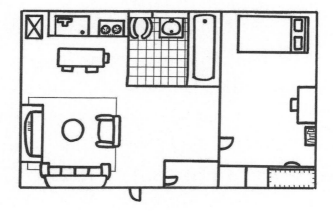

2
니은

나미야 잡화점의 기적 / 도키오

나는 고등학교를 기숙사가 있는 학교에서 다녔다. 3년 내내 기숙사에 살았는데, 지금 생각해 보면 고등학교 때 한 선택 중 가장 잘한 일이라고 말할 수 있다. 집이 엎어지면 코 닿을 거리여서 기숙사를 사용할지 말지 고민이 많았다. 그런데 기숙사에 대한 로망이 있는 사람들도 있지 않은가. 결국, 기숙사에 들어갔다. 공부는 못 했어도 기숙사 생활은 알차게 했다. 친구들과 담 넘어 몰래 맛있는 음식도 먹으러 가고, 배달 음식을 시켜 먹기도 했다. 무서운 이야기를 한 것은 덤이다. 정말 행복했다.

이때 한참 친하게 지냈던 친구가 있었다. 이 친구와 매일 놀러 다니기만 해서 그런지 내 성적은 급격한 하락세를 보였다. 그런데 친구는 성적을 잘 유지하고 있는 것이 아닌가. 결국, 나의 성적은 중하위권으로 떨어졌고, 나는 큰 충격을 받았다. 그때부터 공부에 몰두하기 시작했다. 여전히 성적이 잘 나오는 친구에 대한 부러운 마음 때문에 친구에게는 퉁명스럽게 굴었다. 그래서 친구와 멀어졌다.

내 인생에서 손에 꼽을 수 있는 후회 중 하나이다. 나는 나의 시기심이 원인이라는 것을 알고 있었다. 내가 노력하지 않아 울분이 생긴 것을 다른 사람을 대할 때 숨기지 못한 것이다. 결국 우리는 말 한마디 하지 않는 사이가 되었다. 한때, 열렬히 사랑하고 헤어지면 우연히 마주쳐도 다시는 아는 체하지 않는다는 것처럼, 우리는 서로 눈도 마주치지 않고 아는 체하지도 않았다. 글을 쓰는 지금도 친구를 우리라고 칭한 것이 얼마나 오랜만인지 모르겠다. 이 시기를 생각하면 히가시노 게이고의『나미야 잡화점』과『도키오』라는 책이 떠오른다.

솔직하게,『도키오』라는 책의 초반은 살짝 지루했다. 후에 아버지와 자식의 시간이 연관되어 있다는 것을 알고 뇌리에 박히게 된 책이랄까. 이 책보다 상대적으로 유명한『나미야 잡화점의 기적』이라는 책이 있다. 스테디셀러이니 대부분 한 번씩은 들어 봤을 것이다. 과거와 현재의 사건이 동시에 진행되는 이야기이다.『도키오』도 이와 같은 맥락이라고 할 수 있다. 오래전에 읽었음에도 제목이 기억에 남는 것을 보면 당시에 재미있게 읽었다는 것은 확실하다. 이 책들로 히가시노 게이고 작가님에 대한 편견이 사라지는 계기가 되었다. '무서운 살인, 추리 장르만 잘 쓰는 것이 아니라 마음이 따뜻해지는 감성을 가진 이야기들도 잘 쓰시는구나.'라는 생각을 가지게 했다. 당시에는 신선한 발견이었다.

참, 내가 고등학교 시절 친구와 멀어진 일과 이 책을 같이 떠올리는 이유는 간단하다.『도키오』라는 책을 추천해 준 것이 그 친구였기 때문이다. 더 의미 있는 이유라면, 내가 그 시절로 돌아갈 수는 없지만,『도키오』에서의 아들,『나미야 잡화점의 기적』에서의 도둑들과 같은 조력자가 있었다면 그 친구와 연락 정도는 꾸준히 할 수 있는 사이였지 않을까 하는 아쉬움 때문이다.

노년 예찬

　배추라는 별명을 가진 배주현이라는 친구가 있다. 배추와 밥을 먹으며 이런저런 이야기를 하던 도중 노인 소외라는 주제가 나왔다. 은행, 음식점 등 여러 장소가 기계화되고 있는데, 기계가 익숙하지 않은 어르신들은 빠르게 자동화되는 세상 앞에서 속수무책이라는 것이다. 우리가 노년기에 들어설 때쯤이면 지금보다 더 빠른 노인 소외가 일어나겠지.

　언젠가 나의 할머니께서 카페는 젊은 애들이나 가는 곳이라고 말씀하신 적이 있다. 속상했다. 고령화 사회에 속하는 나라에서 노인 소외 현상이 급격히 진행되고 있음에도 그것에 무지했다는 점이 창피했고, 죄송했다. 노년기와 관련해 읽은 책이라고는 소설을 제외하면 콜레트 메나주의 『노년 예찬』이라는 책이 전부였다. 노화는 피할 수 없다. 또한 노화는 질병이 아닌 자연스러운 현상이다. 나 역시 노화가 진행 중이고 언젠가는 할머니가 되어 있을 것이다. 그런데 노인 소외 현상에 무지했다니……. 그동안의 나를 반성한다.

나는 희망을 거절한다

　서러우면서 후련하다. 글을 쓰는 오늘이 큰 계획이 마무리된 날이기 때문이다. 그런데 생각보다 성과를 내지 못해 서러웠다. 완전히 몰두하지 않았다는 것을 끝나고 나서야 깨달았다. 이제 와서 후회한들 어쩌겠나. 이 글을 쓰는 동시에 아쉬움을 잊어버리겠다. 그런데 하필 생각난 시집이 정호승의 『나는 희망을 거절한다』인 것인지.

노인과 바다

화가 났다. 아등바등 뛰어다니며 열심히 사는데 인정받지 못하는 것 같았다. 다른 사람들의 불평과 투정이 아무것도 아닌 것 같았다. 사람마다 상황이 다르고 고통의 역치에 차이가 있다는 것을 안다. 하지만 나도 힘들 때가 있다. 그런 시기에는 아무것도 보이지 않고, 공감 자체가 불가능해진다. 그 사람들은 나만큼 노력하지도 않으면서 불평만 하는 것 같을 때, 시작점이 다른 것 같을 때, 사회에 불만을 품게 될 때가 있다. 온전히 공부에 투자할 수 있는 시간 자체가 다른데, 하루는 누구에게나 공평하게 24시간이다. 얼마나 더 힘들고 바쁘게 살아야 하는 것인지 의문이 든다. 한 번씩 이렇게 억울해질 때가 있다. 머리가 복잡할 땐 소설책이지. 이런 마음이 들 때를 대비해서 읽을 소설책을 선정해 놓았다. 어니스트 헤밍웨이의 『노인과 바다』를 이제 읽어 볼까.

나의 라임오렌지나무

하루 종일 되는 일이 없었다. 인간의 모든 걱정은 대인관계로부터
비롯된다는 아들러 심리학의 말이 무슨 뜻인지 뼈저리게 느껴지는 날
이었다. 다시 생각해도 그 말이 맞다. 나이가 늘어도 왜 나는 대인관
계에 능숙해지지 못하는 것인가. 나 자신만 생각하며 타인의 도움 없
이 혼자 살고 싶은데, 누군가의 앞에서 펑펑 울고 싶은 모순적인 날이
다. 색다르게 이런 어두운 기분으로도 글을 쓰는 경험을 해 보게 하기
위함일 수도 있다. 하는 일마다 얽히고설켜 꼬여 간다. 출근하기도 싫
고, 누구와 마주치기도 싫다. 하지만 누군가는 말하지 않아도 내 마음
을 알고 위로해 주었으면 좋겠다. 말도 안 되는 말인 것을 알지만 지금
의 내 마음이 이렇다. 나는 감정에 충실하지 않고도 살아갈 수 있는 사
람이 되기를 바란다. 감정에 충실한 삶은 피곤하다.

자존심이 상한다. 자존심이 상하는 일이 있었다. 평균적으로 내가
상처를 받았을 때, 회복에 필요한 기간은 3일 정도이다. 3일 후면 괜찮
아진다. 하지만 3일 동안이 너무 힘들다. 마음 내키는 대로 살자니 그
럴 만한 크기의 간도 없다. 어느 단추부터 잘못 끼운 것인가. 머피의 법
칙은 왜 존재하는 것인가. 아무리 화를 내더라도 나를 떠나지 않는 사
람이 있을지, 바닥을 보고도 나와 함께해 주는 사람이 몇이나 될지 궁
금하다. 나는 여전히 대인관계에 관해서 성장이 필요하다. 유명한 성
장 소설이 생각난다. J.M. 데 바스콘셀로스의 『나의 라임오렌지나무』.

날씨가 좋으면 찾아가겠어요

운이 좋았다. 아침 일찍 필라테스 학원에서 전화를 받았다. 이른 오전 단체 수업을 한 번 소수 수업으로 대체해 준다고 하셨다. 이게 웬 떡이람! 눈곱도 떼기 전에 학원에 달려갔다. 날씨도 따뜻하고, 무작위로 재생되는 노래들도 하나같이 좋았다. 살다 보니 이런 날도 있다.

필라테스 수업을 마친 후, 따스하고 밝은 봄날 같은 풍경을 만끽하며 집에 돌아가는 길에 생각했다. 책을 쓰기 위해 하루를 온전히 쏟아 보자고.

날씨도 좋고 풍경도 좋고, 좋은 생각들만 피어나는 날이다. 이도우의 『날씨가 좋으면 찾아가겠어요』라는 책이 떠오른다. 책의 제목처럼 잔잔하고 깨끗한 분위기가 책을 추천해 준 배추와 잘 어울린다.

나는 오늘 행복할 거야

책의 그림이 독특하면서 귀여웠다. 그림만의 특징이 있었다. 선을 자로 대고 그린 것 같은 분위기와는 반대로 편안한 느낌의 그림이었다.

보통의 사람들이 숨기고 싶어 하는 감정을 잘 나타내 주는 글귀가 많았고, 그 때문에 공감이 잘 됐다. 자신의 소중한 하루를 망치고 싶어 하는 사람은 없지 않은가. 우울하게 살고 싶어 하는 사람은 없을 것이다. 나 역시 내가 오늘뿐만이 아니라 늘 행복해하기를 바란다. 어떠한 크기의 불행도 찾아오지 않기를 바란다.

행복하지 않으면서 행복하다고 합리화하는 일은 하지 말아야 한다는 것을 배웠다. 가장 어려운 일이 될 수 있겠지만, 적어도 나의 감정에 있어서는 솔직한 사람이 되어야 한다. 나에게 솔직한 것이 가장 빨리 행복해질 수 있는 방법이 아닐까.

정켈의 『나는 오늘 행복할 거야』를 읽고 부정적인 감정을 묻어 두려고만 할 것이 아니라, 개인에 맞는 방법으로 치료하고 극복해야 행복해질 수 있다는 것을 깨달았다. 좋은 책을 선물해 주신 희주 선생님께 감사드린다.

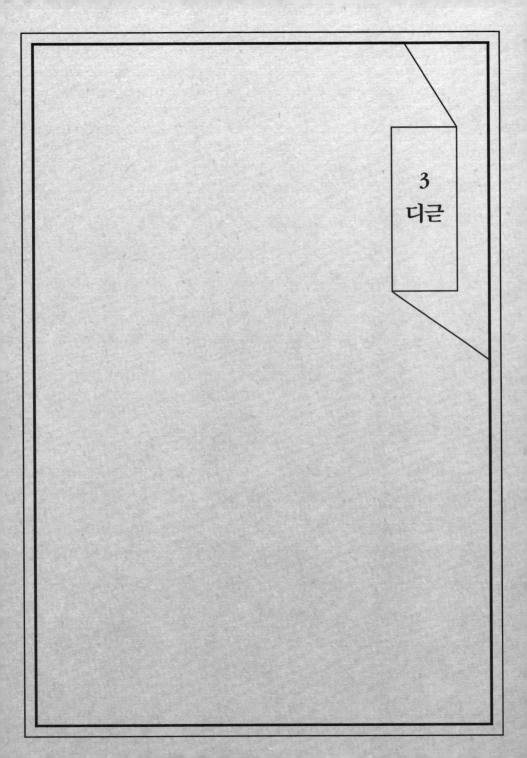

3
디귿

데미안

    나는 원래 다니던 대학을 그만두고 24살이 되는 해에 다른 학교, 다른 학과에 입학했다. 이곳에서 운이 좋게도 믿음직스러운 동생을 만났다. 앞서 언급한 배추이다. 앞으로도 나의 이야기에 자주 등장할 것 같다.

    배추와 서점에 가서 이야기를 나누다 보면 시간 가는 줄 모른다. 광화문에 위치한 한 서점에서 헤르만 헤세의 『데미안』 표지를 한참 감상하며 여러 가지 해석을 이야기했다. 배추는 헤르만 헤세의 인상을 좋아했다. 우리는 『데미안』을 배추의 친구에게 선물해 주기 위해 가장 선호하는 표지를 골랐다. 책의 표지를 이렇게 오래 고민한 적은 없었다. 덧붙이자면 배추의 이미지와 『데미안』은 어울리지 않지만, 책에 대한 배추의 반응이 재미있어서 자꾸 생각이 난다.

닥터 도티의 삶을 바꾸는 마술가게

얼마 전, 노인병원으로 봉사활동에 갔을 때의 일이다. 봉사를 시작하면서부터 뵈어 오던 할머님이 상태가 안 좋아지셔서 근처 큰 병원으로 이송되는 모습을 봤다. 수간호사님이 그분의 손을 꼭 잡아 주셨는데 봉사를 해 온 7개월간 단련되었다고 생각한 눈물샘이 다시 열렸다. 누구도 노화를 피해 갈 수 없다는 사실이 속상하고 괜히 내가 억울했다. 그 상황에서 잘 다녀오시라고, 꼭 돌아오시라고 한마디도 못하고 가까이 가 보지도 못한 내가 한심하고 화도 났다. 이러한 상황에 익숙해지기 위해 단련되는 과정은 왜 이렇게 길고 힘든 것일까? 처음부터 잘 적응해 낼 수는 없는 것인지 생각이 많아졌다. 제임스 도티의 '닥터 도티의 삶을 바꾸는 마술가게'라는 책이 생각났다. 마술처럼 원하는 대로 바라는 만큼의 시간이 흘러가 있기를. 불가능하다는 것을 알지만, 힘든 과정을 훈련해야 하는 내가 아닌, 훈련된 나부터 존재할 수 있기를 바란다.

덕혜옹주

중학교 3학년에 올라가면서 원래 무리의 친구들과 떨어져 혼자만 다른 반이 된 적이 있다. 나만 덩그러니 떨어지니 죽을 맛이었다. 친구가 전부인 시기여서 그랬는지 세상이 무너지는 것 같았다. 그런데 새학기에 교실을 둘러보던 중 나와 같은 상황의 친구가 있는 것이 아닌가! 그 친구가 예림찜이다. 우리는 그날부터 단짝이 되었다. 책을 좋아하는 취미도 비슷하고 가치관, 취향 등이 비슷해서 이야깃거리도 많았다. 서로 좋아하는 책 이야기를 한 후, 자연스럽게 선물해 주기도 했다. 처음 선물한 책이『덕혜옹주』라는 현비영 작가님의 책이었다. 예림찜이 이 책을 기억하고 있을 때, 정말 기뻤다. 순간을 소중히 여기고 기억해 줘서 고마웠다.

4
미음

멋진 신세계 / 1984

어제는 단기 룸메이트였던 은지와 한밤중에 누워서 올더스 헉슬리의 『멋진 신세계』와 조지 오웰의 『1984』를 이야기했다. 지금은 1월이지만, 올해 들어서 가장 기억에 남는 책을 뽑으라면 이 두 권의 책을 이야기할 수 있다. 조지 오웰에 대해 얘기하다 보니 『동물농장』이라는 책도 언급되었다. 무지한 대중들에게 개돼지라는 말을 하는 것은 이 책에서 기안된 발상인가? 두 발로 서는 돼지들이 나오지 않는가. 은지와 누워서 우리 나름대로의 철학적이고 사회적인 이야기를 했다. 그 순간이 행복했다. 급하게 끝내야 하는 일, 걱정 등은 생각하지 않아도 되었고, 오롯이 내가 좋아하는 책의 내용을 이야기하며 웃을 수 있다는 것이 좋았다. 누군가와 내일에 대한 걱정 없이 취미를 공유한다는 것이 이렇게 행복한 일인 줄 몰랐다. 은지가 잠든 뒤에도 나는 창밖을 응시하며 분위기를 즐기다 잠에 들었다. 창문에 살짝 비치는 불빛과 주변이 고요하면서 따뜻한 그 순간이 좋았다. 그래서 『멋진 신세계』와 『1984』의 책 제목은 모순적이게도 나에게는 디스토피아보다는 유토피아의 분위기를 떠오르게 만든다.

『1984년』와 『멋진 신세계』를 비교한 닐 포스트먼의 『죽도록 즐기기』를 도서관에 희망도서로 신청해 놓았다. 이 책은 뒤에 다시 언급된다.

며느라기

　새로운 대학교에 입학하고 반년 후, 장기로 같이 살 룸메이트를 구했다. 룸메이트도 자주 등장할 예정이니 소개하겠다. 이유진이라는 친구인데, 흔한 이름이어도 내가 아는 유진이는 한 명뿐이다. 유진이는 독서를 즐겨 하는 편은 아니었다. 그런데 언젠가 책을 하나 빌려 온 적이 있다. 신지수 작가님의 『며느라기』라는 책이었다. 유진이가 책을 읽는 습관을 들이려는 모습이 재미있었다. 책을 빌려 왔을 당시 '이렇게 두꺼운 책을 어떻게 읽으려나. 다 못 읽으면 놀려 줘야지.'라는 생각이 먼저 들었다. 그런데 이게 웬걸. 얼마 되지도 않아서 책을 다 읽는 게 아닌가. 진심으로 놀랐었다. 난 이 책이 그림이 많은 줄 몰랐기 때문이다. 그렇게 빠른 속도로 책을 읽는 사람은 처음 본다며 놀라워했건만……. 유진이가 책을 읽은 후, 나도 그 책을 빌려 읽어 봤다. 그리고는 결혼한 여성의 삶에 대해 생각하는 가치관이 비슷하다는 것을 알게되어 동질감을 느낄 수 있었다.

미움받을 용기

요즘 바쁜 생활이 끝나가고 있어서 그런지 체력적으로 한계에 부딪히고 있다. 긴장이 풀려 가고 있는 시기인가 보다. 더불어 개강까지 다가오니 우울함도 이런 우울함이 없다. 나는 변화를 싫어한다. 방학 동안 적응해 온 패턴이 달라지고 개강 후 새로운 일정에 적응해야 할 것을 생각하면 두렵다. 특히나 대인관계로 스트레스를 받을 것을 생각하니 한숨부터 나온다. 난 대인관계가 '너무' 힘들다.

얼마 전 기시미 이치로의 책을 추천받았다. 『미움받을 용기』라는 책이다. 아들러의 심리학을 이용해 대화 형식으로 글이 진행되는 내용이다. 책을 읽는 동안 많은 것을 깨달았다. 그중 대표적으로 이야기할 수 있는 것은 내가 자의식 과잉이라는 것이다. 아들러 심리학에 의하면 나는 나에게 지나칠 정도의 관심을 가지고 있었다. 그 때문에 타인이 나를 어떻게 생각하는지를 늘 두려워했고, 누군가가 나를 싫어하는 것을 못 견뎌 했다. 그런데 '과제의 분리'라는 것을 알게 되었다. 나를 싫어하는 것은 나의 과제가 아니라 그 사람의 과제라는 것이다. 이 개념을 통해 개강을 앞두고 마음을 정리하는 데 일조할 수 있었다. 아들러 심리학을 이용하니 미움받을 용기가 생겼다. 『미움받을 용기』 2권도 있다고 하니 조만간 읽어 봐야겠다.

무서운 공주들

나의 파란만장한 고등학교 기숙사 생활을 함께했던 몇몇의 친구들이 있다. 예진이, 수지, 미리.

예진이는 졸업을 하고 제일 먼저 취업을 했다. 예진이와 나는 처음 대학교에 입학한 후, 빵 가게에서 아르바이트를 했다. 우리는 서러운 일이 생기면 대성통곡을 하면서 통화를 하다가 진이 빠지게 웃으며 전화를 끊었다.

수지는 이제 공무원이 되어 사회에 발을 내딛었다. 내 자취방에서 보드게임을 하다가 합격 통보를 받았는데, 에어컨이 고장 난 한여름에 다 같이 얼싸안고 울면서 웃었다. 그리고 카페에서 보드게임을 몇 판 더 한 후, 야무지게 밥까지 챙겨 먹고 집에 갔다.

미리는 복수전공을 마친 후 졸업을 했다. 나에게 책에 대한 정보를 가장 많이 알려 주는 친구이다. 우리 중 생일은 가장 늦지만 가장 어른스러운 친구라서 그런지 내가 응석을 부려도 다 받아 준다. 보드게임의 정보도 이 친구에게서 나온다.

이제 이 친구들이 전부 사회에 나간다. 나의 졸업은 한참 남았는데……. '칠공주파', '소녀시대'와 같이 우리의 모임에 무슨 이름을 붙일 수 있을지 생각해 보았다. 린다 로드리게스 맥로비의『무서운 공주들』이라는 책 제목이 생각나긴 하는데……. 이 글을 보면서 친구들은 어떤 생각을 떠올릴까?

마력의 태동

미리와의 이야기를 이어서 써 보겠다. 얼마 전, 미리의 졸업식에 갔다. 정작 미리는 졸업식에 가지 않으려 했는데, 나의 부탁으로 참석하게 되었다. 나는 미리네 학교가 영 초면은 아니었다. 학식이 맛있어서 몇 번 먹으러 갔던 적이 있었기 때문이다. 이번에는 졸업 기념으로 학식을 먹었다. 식사 도중 졸업 및 생일 선물로 히가시노 게이고의『마력의 태동』을 받았다는 이야기를 들었다.『라플라스의 마녀』의 프리퀄로 나온 책이라고 한다. 나는 왜 몰랐던 것인가. 내가 먼저 줄 수 있었는데…….

식사를 마친 후, 디저트 음료를 사 먹었다. 그리고 늘 그랬던 것처럼 서점으로 향했다.

모방범

미리 역시 책을 좋아하고 작가에 대해서도 아는 것이 많기 때문에 이 야기할 때마다 흥미진진하게 들을 거리가 많다. 우리는 주로 작가의 이름이 보이면 책의 제목을 이야기하며 서점을 돌아다닌다. 그중 미야베 미유키의 『모방범』이라는 소설이 기억에 남는다. 『솔로몬의 위증』, 『화차』 등 여러 책을 쓰셨다고 한다. 고등학교 때 『모방범』을 읽으면서 알게 되었는데, 당시 여러 명이 이 책을 추천해 주었을 정도로 인기가 많았다. 『화차』도 미리가 읽었다고 하니 얼른 읽어 봐야겠다. 이제는 미리의 취향을 어느 정도 알기 때문에 어떤 분위기의 책인지 짐작할 수 있다.

마이 시스터즈 키퍼

대학교 동기 승혜에게 조디 피코의 『마이 시스터즈 키퍼』를 빌렸다. 그러고는 읽는 것을 미루다가 포기하고 돌려주기로 결심했다. 그런데 문제가 생겼다. 꽤 두꺼운 책이다 보니 학기 중에 전공 책과 함께 들고 가기가 곤란한 거다. 나는 학교 근처에 거주하니 괜찮지만, 승혜는 먼 거리를 통학하는데 전공 책에, 나에게 빌려줬던 소설책까지 들고 가라며 얹어 주기 미안했다. 어떻게 해야 할지 한참을 고민하다가 택배로 보냈다. 지금 생각하면 '택배'라는 간단한 방법이 있다는 것을, 고민할 일이 아니었다는 것을 안다. 가끔 쉬운 해결법을 찾지 못해 우왕좌왕할 때가 있지 않은가. 그날이 오늘이었나 보다.

다른 이야기이지만, 전공 책이 존재하는 한 졸업할 때까지 책가방이 가벼워지는 일은 없겠지.

미안하지만, 오늘은 내 인생이 먼저예요

집에서 혼자 곱창을 시켰다. 미리 사 놓은 맥주까지 완벽하다. 이 순
간을 위해 영화도 다운받아 놓았다. 전화, 문자 등 모든 연락은 제쳐 놓
고, 지금을 즐겨야 한다. 이런 날이 언제 또 있을지 모르기 때문에 그
어떤 일보다도 나의 지금이 중요하다. 이진이의 『미안하지만, 오늘은
내 인생이 먼저예요』라는 책의 제목이 떠오른다.

망할 놈의 예술을 한답시고

여러 선택이 지금의 나를 만들었다. 수많은 경우의 수를 거쳐 내가 존재한다. 세상일은 어렵고 복잡하다. 간단하게 생각하는 것조차 쉽지 않다. 심지어 그 누구도 나를 도와줄 수 없다. 나의 걱정은 나의 과제이기 때문에, 누군가 진정으로 나를 도와주고 싶어 한들 그럴 수 없다. 지금 상황에서 생각나는 단 한 권의 책은 찰스 부코스키의 『망할 놈의 예술을 한답시고』이다.

책 한 권을 만드는 일이 쉽지 않다. 몇 장 되지도 않는 글이 그마저 수정을 하다 보면 더욱 줄어든다. 하루 종일 생각한다. 무엇을 쓸 수 있을지, 생각한 것을 어떻게 써내야 하는지. 내가 아니면 아무도 답을 낼 수 없다는 것을 알고 있다. 천천히 다시 시작해 보겠다. 조급할 이유가 없으니. 그래도 예술은 어렵다. '망할 놈의 예술을 한답시고'.

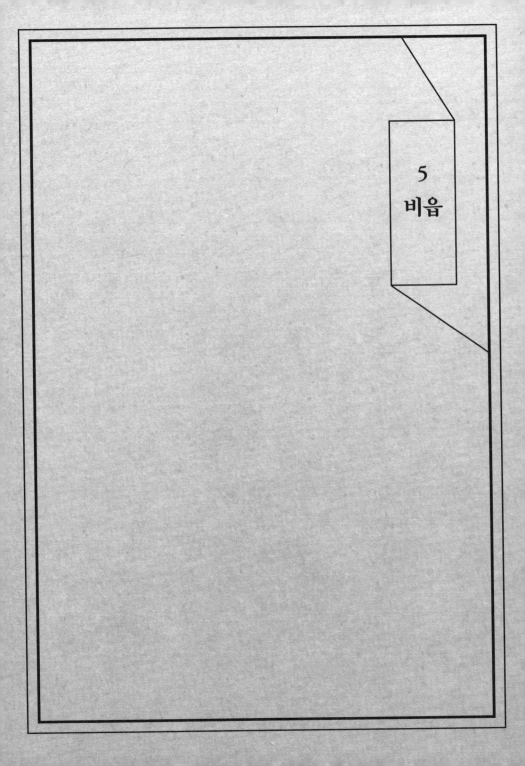

5
비읍

불복종

우리 학교는 교양 수업을 제외한 대부분의 시간표가 짜여 나온다. 장점도 있고, 단점도 있다. 장점은 수강 신청이 다른 학교에 비해 쉽다는 점이고, 단점은 심각하게 효율성이 떨어지고 힘든 시간표이더라도 들어야 한다는 점이다. 나오미 앨더만의 『불복종』이 떠오른다. 이번 학기 나의 시간표가 엉망이기 때문에 항의하고 싶어 적어 본다.

불안

　이유 없이 슬픈 날, 사람들은 무슨 생각을 하며 시간을 보낼까? 더 우울한 생각을 하며 한바탕 대성통곡을 한 후 털고 일어날까, 아니면 우울함을 잊어버리기 위해 즐거운 분위기를 내려고 노력할까? 이외에 다른 방법을 가진 사람들도 있을 것이다. 답은 없다. 사람인지라 누구나 힘든 날이 있을 텐데, 그런 사람이 있다면 위로해 주고 싶다.

　책을 읽고 있는 당신은 나에게 꼭 필요한 존재인 것을 명심해 주길 바란다. 누군가에게는 더없이 소중하고 가치 있는 사람이고 존재 자체로도 위로가 되는 사람이다. 슬프지도 말고 슬플까 봐 불안해하지도 않기를 바란다.

6
시옷

센서티브: 남들보다 민감한 사람을 위한 섬세한 심리학

노인병원에 봉사활동를 다니면서 만난 선배님이 있다. 나이는 나보다 어리지만 학년은 높기 때문에 선배님이라는 호칭을 사용한다. 나혜정이라는 선배님인데, 혜정 선배님과는 영화 취향도 비슷하고 책을 읽는 취미도 같다. 덕분에 혜정 선배님과 사적으로 만날 때는 밥을 함께 먹고 서점에 가서 각자 좋아하는 책을 구경하거나 찾아본다. 그러다보니 선배님의 독서 취향을 알게 되었고, 책을 추천받아 보았다. 일자 샌드의 『센서티브: 남들보다 민감한 사람을 위한 섬세한 심리학』이라는 책을 추천해 주셨다. 내심 속으로 '선배님이 내가 예민한 성격인 걸 아셔서 위로의 의미로 추천해 주신 걸까?' 하며 놀라워했는데, 그건 아닌 것 같다. 선배님은 일자 샌드 작가님을 좋아하는 거였다.

봉사활동을 시작한 초반에는 감정 조절을 할 줄 몰랐다. 환자분들이 울면 나도 울고, 봉사를 마치고 돌아오는 길에도 몇 번씩 울음이 터졌다. 감정이 예민하고 민감해서 조금의 변화에도 안절부절 불안해하는 모습이 그대로 드러났다. 이러한 민감성을 이야기하면서 혜정 선배님은 "예민하고 민감한 성격이 본인한테는 힘들 수 있지만, 환자들의 변화를 빠르게 감지하고 조치를 취할 수 있기 때문에 그들에게는 꼭 필요한 간호사다."라고 조언을 해 주셨다. 살면서 단 한 번도 민감한 성격의 장점을 들어 본 적이 없었는데, 울컥했다. 혹시라도 혜정 선배님께서 이 글을 보게 되신다면, 뿌듯해하셨으면 좋겠다. 단점을 장점으로 여길 수 있도록 도와주신 것이 아닌가. 나는 이제 어느 정도의 민감성이 필요하다고 생각된다.

숨결이 바람 될 때

　학기 중에 수업을 들으며 추천받은 책 중 폴 칼라니티의 『숨결이 바람 될 때』가 있다. 책을 읽으며 눈물이 맺혔다. 작가이자 의사인 주인공이 책을 완벽히 마무리 짓지 못하고 떠나셨기 때문이다. 그분은 의사이지만, 그분처럼 나도 직업정신이 투철한 간호사가 될 수 있기를 바란다. 전문직이 지녀야 할 마음가짐이나 윤리 등을 생각하다 보니 이 책이 떠오른 것 같다.

　중요한 점은 제목의 의미를 이제야 이해했다는 사실이다. 책을 읽고 의미를 알게 된다면 평생 기억할 수 있는 제목이 될 것이다.

사신 치바

이사카 코타로의 『사신 치바』라는 책에도 예림짐이 얽혀 있다. 어느 비 오는 날, 우리는 김치찌개를 끓이기 위해 고군분투한 적이 있다. 분주한 우리를 빼면 주위에는 아무것도 없는 산속이었다. 우중충한 날씨에 우린 열심히 김치찌개를 끓였다. 사신 일을 하는 치바와 우리는 직업이 다르긴 하지만, 비가 오는 중에도 할 일을 하는 모습은 비슷하다는 생각이 들었다.

사양

예림짐과 오랜만에 만났다. 보자마자 지하철역 앞에서 부둥켜안고 울었다. 둘 다 얼마나 힘들게 열심히 살아온 건지 알 수 있었다. 밤새 마주 보고 이야기하는 내내 행복했고 즐거웠다. 매번 만날 때마다 반갑고 애틋하다.

예림짐을 기다리던 중에 종로에 있는 서점에 들어갔다. 세계문학전집을 구경하다가 다자이 오사무의 『사양』을 발견했다. 이제 예림짐을 기다린 순간을 생각하면 『사양』을 떠올릴 것이다. 누군가를 기다리는 순간을 떠올리며 책 제목을 이야기할 수 있는 사람이 얼마나 될까?

세계사를 바꾼 10가지 약

말실수를 했다. 요즘 예민해서 그런지 생각하는 것보다 말이 먼저 나가는 것 같다. 지금의 나는 남을 배려할 기력조차 없이 지쳐 있다. (이것이 말실수의 핑계가 될 수 없다는 것을 알고 있다.) 걱정이나 조급함 없이 쉴 수 있는 날이 필요하다. 햇빛을 못 보고 살아서 더 우울한 것일 수도 있겠다.

새로운 일을 시작하기 전에 체력과 몸 상태를 고려해서 쉬었어야 했는데, 앞만 보고 달렸다. 그런데도 눈에 보이는 결과물이 없어 더 지친다. 삶에는 당근과 채찍질이 필요하다고 했는데 당근은 언제적 당근인지. 지금은 내 스스로를 채찍질만 해 대는 기분이다. 이럴 때 어떤 책을 읽어야 할까. 위로 가득한 감성적인 책을 바라면서도, 감성이 폭발할까 봐 이성적으로 생각하려고 노력한다. 여기서 감성에 신경을 쓰면 감정이 폭발하는 경우가 생기지 않을까. 그래서 이성적으로 생각해 낸 제목이 사토 겐타로의 『세계사를 바꾼 10가지 약』이다. 쓰고 나니 허무하다.

사서함 110호의 우편물

생일을 맞이해서 택배를 받았다. 다들 살기 힘들고 바쁠 텐데, 어떻게 기억하고 챙겨 주는 걸까. 고마웠다. 선물을 보내는 과정 속 내내 나를 생각하며 챙겨 주었겠지. 자기중심적 사고인가? 개강 때문에 우울했는데, 집에 오니 생각지도 못한 우편물과 택배가 있는 것이 감동적이었다. 사실, 몇 개의 선물은 알고 있었다. 행복하다.

생일 기념 스스로에게 주는 선물로 한참을 고민해 왔던 트렌치코트를 시켰다. 며칠 뒤 품절되었다는 메시지를 받았다. 고심하고 또 고심해서 시킨 상품인데, 어떻게……. 말을 이을 수 없이 속상했다. 함부로 돈을 쓰지 말고 아껴 두라는 의미인가. 옷을 결제하면서 이번 달은 허리띠를 꽉 매어 놓을 각오까지 했는데 그럴 필요가 없어졌다. 그래도 어차피 결제할 거였으면 빨리 할걸. 사고 싶은 것이 명확하면 바로 사야 한다. 다음은 없다. 환불받을 금액이나 빨리 돌아왔으면 좋겠다.

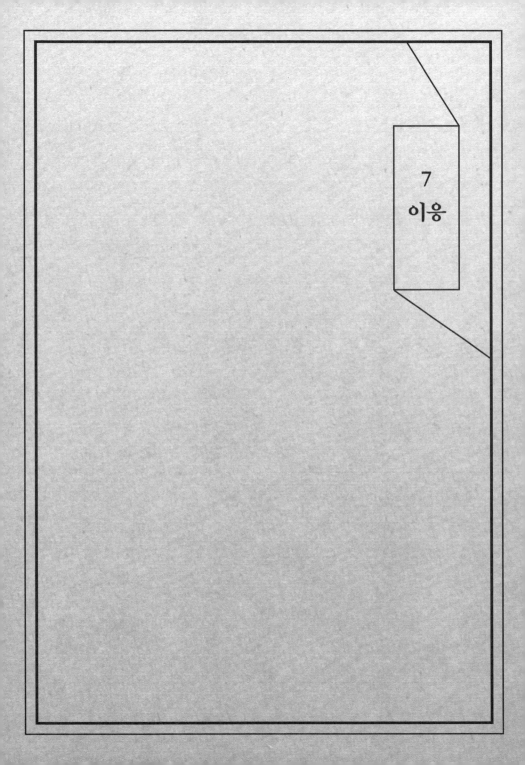

7
이응

엔트로피

열역학 제2법칙 엔트로피. 나는 엔트로피라는 이론을 좋아한다. 고
등학교 때, 화학 선생님께서 엔트로피에 대한 예시로 방 청소 이야기를
해 주셨다.

> "여러분이 방을 청소했어. 근데 다시 어지럽혀지잖아.
> 이렇게 무질서도가 증가하는 게 엔트로피라는 거야.
> 자연스러운 현상인 거지."

고등학교 시절 배운 여러 이론을 다 잊어버려도 엔트로피 하나는 잊
지 않으려고 머릿속으로 반복해서 생각했다. 제레미 리프킨의 『엔트로
피』라는 책은 이러한 이론을 세계의 발달 과정과 잘 연관시켜 설명해
준다. 기술의 발전이라고 믿는 것이 더 큰 무질서를 야기하고 있다니.
그렇다면 무질서의 끝은 어디가 될까?

이 이론은 일상에 접목시켜야 더 재미있다. 앞서 이야기한 방 청소
를 다시 예시로 들어 보자. 우리의 목적은 깨끗한 방을 만드는 것이다.
즉, 방의 질서를 지키려는 것이다. 이는 또 다른 무질서를 야기시킨다.
방의 청결을 위해서는 방을 쓰는 것, 닦는 것, 쓰레기통을 비우기 위해
쓰레기를 분리수거하는 것, 분리수거를 집 밖으로 내다 놓는 것까지가
우리가 해야 할 일이다. 우리의 역할은 여기까지지만 실상은 여기서

그치지 않는다. 쓰레기를 수거해야 하고 수거한 쓰레기를 쓰레기장에 가져다 놓아야 한다. 그 후, 모인 쓰레기를 처리해야 한다. 쓰레기를 소각한다면 소각을 위해 불을 붙이는 과정까지도 여러 단계가 필요하다. 아무튼, 이렇게 보니 방을 치우는 것도 사람 여럿 잡는 일이다. 그래서 나는 방 청소를 최대한 가끔 하려고 한다.

인간 실격

요즘, 미니북이 많이 나오는 추세인가 보다. 가격도 저렴하고, 손에 꼭 들어오는 크기로 들고 다니기 편해서 자주 사게 된다. 서점에 갈 때마다 기념품으로 하나씩 손에 들고 나오는 것 같다. 그 덕에 고전소설에 입문하게 되었다. 예전에는 고전소설을 선물 받더라도 읽지 않았다. 딱 봐도 표지부터 지루해 보였기 때문이다. 조금 시간이 지난 후에도 여전히 고전소설보다는 현대에 쓰인 소설을 선호했다. 시간이 더 지나자 고전소설을 읽기는 싫었지만 얕은 상식을 위해 줄거리를 알고 싶은 마음이 생기기 시작했다. 블로그에 있는 작품 해설과 줄거리를 찾아보기도 했다. 그렇지만 이 방법은 작품 속 여러 등장인물들의 감정을 느껴볼 수 없지 않은가. 그래서 고전소설을 읽기 시작했고, 조금씩 입문하기 시작했다. 결국 원인은 미니북의 영향인 것인가.

다자이 오사무의 『인간 실격』은 굉장히 우울하다. '굉장히'라는 수식어를 붙이지 않을 수 없을 정도로 우울하다. 나는 평소 하이텐션을 유지하는 사람으로 웃음이 많다. 그런데 이 책을 읽고 하루 정도 우중충한 기분의 생활을 지속했다. 작가 일생에 대한 설명도 우울했다. 놀랐던 점은 작가가 동반 자살을 했던 사람이 아내가 아니라 다른 여자였던 점이다. 이 사실을 알고 버스에서 미리와 함께 몹시 충격 받았던 기억이 있다.

다시 책 이야기를 해 보자. '민음사'에서 출판된 책으로 읽었는데 「인간 실격」의 내용 뒤에 「직소」라는 제목의 짤막한 이야기가 실려 있다. 나는 이 이야기가 더 기억에 남는다. 주인공은 '유다'이다. 우리가 생각 하는 그 열두 제자 중 한 명이 맞다. 유다가 예수를 고발하는 과정을 담 은 책이다. 유다의 감정이 잘 느껴졌고, 공감되었고, 슬펐다. 나 역시 감정이 많고, 질투도 많으며, 공감도 잘하기 때문이다. 짤막한 이야기 이니 「직소」는 꼭 읽어 보시길 바란다.

난 이 책을 여러 권 소장하고 있다. 「직소」라는 이야기가 좋았다고 자주 이야기해서 그런지 대부분의 책 선물을 이 책으로 받았다. 심지 어 모두 같은 출판사의 책이다. 소중히 보관 중이니 선물해 준 사람들 은 걱정하지 않아도 된다.

이방인 / 내게 무해한 사람

어떻게 적어 내야 할지 도통 감이 안 잡히는 책이 있다. 알베르 카뮈의 『이방인』이다. 주인공이 얼마나 덤덤하던지. 학교 수업 중 교수님께서 이 책을 언급하셔서 읽어 보았다. 어려운 책이라는 평가가 많아 작품 해설을 먼저 읽은 후 책을 읽었다. 어느 정도 줄거리와 작가가 나타내고자 하는 바를 알고 읽으니 한결 수월하게 읽을 수 있었다.

내가 좋아하는 영화 〈마담 프루스트의 비밀정원〉과 책의 주인공이 함께 떠올랐다. 제목이 '이방인'이지 않은가. 두 주인공 다 이방인 같은 삶을 산다는 생각이 들었다. 영화 속 주인공은 두 이모들 사이에서 이방인처럼 살고 있다. 늘 해야 할 일만 덤덤하게 해내며 살아간다. 이러한 덤덤한 모습까지 비슷하다는 생각이 들었다.

더불어 최은영 작가님의 『내게 무해한 사람』이라는 책도 함께 이야기하고 싶다. 책에 나오는 에피소드 중 하나인데, 세 명의 친구가 함께 다니며 서로 한 번씩은 소외감을 느껴 보았다는 내용이 있다. 여기서는 소외감이라는 단어를 통해 이방인이라는 단어가 엮어졌다. 이방인이 되면 소외감을 느낄 것이라는 나의 선입견 때문일까?

『내게 무해한 사람』은 많은 생각을 하게 했다. 소설 속에서 에피소드마다 완벽한 해피엔딩이 아니었기 때문이다. 나는 소설이라면 무조건적인 해피엔딩을 바랐는데, 『내게 무해한 사람』이라는 책을 읽으며 생각이 바뀌었다. 해피엔딩이 아니더라도 자연스러운 결말이 좋다고.

『내게 무해한 사람』은 어떻게 타인이 나에게 무해한 사람이 되는지, 그 사람은 내게 무해한 대신 내가 모르는 어떤 고통을 겪고 있는지를 생각해 보게 하는 책이다.

우리에겐 언어가 필요하다

앞서 이야기한 대로 나는 24살에 다시 대학을 입학했다. 그전에, 무엇을 하며 살아야 할지 몰라서 막막한 시절이 있었다. 완벽하고 흠잡을 데 없는 백수였다. 그때, 서점에 자주 갔다. 서점에 들어서는 순간 많은 책을 보면 숨통이 트였다. 읽을 책들이 많았다. 책을 구경하기 위해 돌아다니기도 했고, 행동하고 있다는 것이 다행스러웠다. 그 시기에 이민경 작가님의 『우리에겐 언어가 필요하다』를 읽은 적이 있다. 페미니즘과 관련된 책의 내용은 당연히 좋았다. 그런데 책을 읽은 후, 한참 동안 책을 바라보며 많은 생각이 들었다. 백수 인생을 어떻게 탈출해야 할지, 어떻게 살아야 할지, 무엇을 하면 좋을지. 책만 읽으며 살 수는 없기 때문이다. 이후, 결론을 내렸다. 내 책을 내면 좋겠다는 생각이었다. 제목을 보며 나도 내 언어로 이야기를 해 보면 어떨까 하는 생각이 들었다. 나중에 내 책을 읽고도 용기를 가질 수 있는 사람이 생기는 날이 왔으면 좋겠다는 생각을 하니 행복했다. 이날이 나만의 책을 만들어 보자고 결심하게 된 첫 번째 날이었다.

아몬드

앞에서 언급했다시피 나는 감성적이고 예민하다. 많은 눈물은 덤이다. 아무도 울지 않는 영화를 보며 혼자 오열할 때도 있고, 슬픈 내용이 아닌 책을 보며 우는 경우도 있다. 공감능력도 뛰어나다. 제3자가 누군가를 상담해 주는 내 모습을 본다면, 상대방의 일이 아니라 내가 겪은 일을 상담받는 줄 알 것이다. 그래서 『아몬드』라는 책이 떠올랐다. 감정에 문제가 있는 학생을 주인공으로 이야기가 전개된다. 주인공의 특징이 나와는 정반대여서 그런지 여운이 진한 책이었다. 책을 읽은 후 며칠간은 혼자 있을 때나 아무것도 하지 않을 때, 주인공이 생각나고 이야기가 떠올랐다.

요즘 따라 나의 성격에 관한 생각을 많이 하게 된다. 나에 대해 알아가는 것인지, 걱정만 하고 있는 것인지는 모르겠다. 나는 내가 평범하게, 하지만 평범함 속에서 약간은 특별하게 살아가기를 바란다. 그리고 그렇게 될 것이다.

야시

예림짐의 이야기를 조금 더 써 보겠다.

함께 술을 마시고 회포를 푼 후, 길을 걸을 때마다 술에 약간 취해 바라보는 세상은 쓰네카와 고타로의 책 『야시』를 떠오르게 했다. 밤에 열리는 시장인데, 사람이 아닌 존재들이 돌아다닌다. 그렇다고 무서운 분위기를 이야기하는 것은 아니다. 정말 '야시'라는 것이 존재한다면, 내가 술을 마시고 나온 이 장소와 비슷하지 않을까 하는 생각이 들었을 뿐이다. 8년 전쯤 읽은 책인데, 이 책의 이야기를 예림짐이 있는 자리에서 할 수 있어서 좋았다. 우리가 만난 지 10년이어서 내가 좋아하는 웬만한 책은 다 알고 있다는 것도 흡족하다.

외딴방

nananananananang나에게도 키다리아저씨 같은 존재가 있다. 가끔 보기만 해도 위안이 되는 존재이다. 신기하게도 내가 혼자 있다고 생각될 때, 감정적으로 위태로워질 수 있는 시기에 나타나 주신다. 외딴방에 혼자 있는 나를 찾으러 와 주신 것 같다. 많은 대화를 나누지 않아도 괜찮다. 방 안을 살피러 와 준 것 자체가 고마우니까.

언어의 온도

기분에 따라 내뱉는 말의 분위기가 다른 것 같다. 미묘한 차이더라
도 확실히 다르다.

말과 관련된 실수를 하지 않을 수는 없을까. 내가 내뱉은 말로 상대
방이 의도치 않게 상처받는 상황도 생기지 않았으면 좋겠다. 목적과는
다른 결과가 생기는 것이 무섭다.

언어는 다양한 온도를 지니고 있어서, 화상을 입히기도, 화상을 입은
사람을 식혀 주기도 하는 것 같다.

위대한 개츠비

혜정 선배님의 추천으로 〈무드 인디고〉라는 영화를 보았는데 그중한 장면이 인상 깊었다. 주인공 아내의 장례식을 치르는 장면이다. 돈없는 자가 장례식을 치르는 장면은 초라함을 떠나 처참했다. 영화 속장면이었지만, 더할 나위 없이 현실적이었고 그래서 잔인했다. 육체적손상과 관련된 것만이 잔인함이 아니라는 것을 깨달았다. 그 장면은며칠이 지나도 잊히질 않았다. 영화가 끝난 후, 행복하고 아름다웠던장면보다 비극적인 장면이 떠오르는 이유는 무엇일까. 나는 아직 그정도로 냉정한 현실을 마주할 마음의 준비가 덜 되어 있는 것일까?

영화 속 아내의 죽음 이후 주인공의 인생은 개츠비를 떠올리게 했다. 개츠비의 쓸쓸한 인생처럼 영화 〈무드 인디고〉 속 아내가 사라진후 더욱 쓸쓸함을 느꼈을 남자의 모습이 그려졌기 때문이다.

이 두 이야기도 차이점이 있다. 개츠비는 냉정한 현실 속에서 마음이 외로운 채로 한평생을 살았던 자다. 반면, 영화 〈무드 인디고〉의 주인공들은 서로를 진심으로 위한 시절이 있었다. 평생 외로움을 느낀채로 운명을 달리하는 것이 더 비극일까, 진심을 다한 후 사랑하는 사람이 떠나고 혼자 남는 것이 더 비극일까? 비극적이지 않은 인생이 존재하기나 할까?

어떻게 살 것인가 / 어디서 살 것인가

옷을 구경하며 '이 옷은 꼭 사고 싶다.'라는 생각이 들 때가 있다. 며칠이 지나도 계속 생각이 난다. 살 때까지 머릿속을 맴돈다. 인터넷 쇼핑을 하다가 재킷 하나를 봤다. 사이즈도 내 사이즈만 남아 있고 다 품절이었다. 장바구니에 넣어 놓기만 하고 비싸서 고민만 하고 있던 찰나에 아르바이트 월급이 들어왔다. 간절히 바라면 이루어진다는 것이 이런 뜻인가. 결국 재킷은 샀다.

유시민의 『어떻게 살 것인가』, 유현준의 『어디서 살 것인가』에서 제목의 '살'이 '옷을 사다'에서 쓰이는 것과 다른 의미인 것은 알지만, 생각이 나니 써 보았다.

인간관계론

　누군가에게 혼자 기대를 한 후, 실망해 본 적이 있는가? 아니면 나에게 기대를 한 누군가를 실망시켜 본 적이 있는가? 나는 주로 전자에 속한다. 타인의 입장에서는 반대라고 생각할 수도 있겠지만, 내가 보는 나는 전자에 가깝다. 사람에게 쉽게 정을 주고 믿어 버리기 때문이다. 타인에 대한 기대치를 낮추려 노력은 하지만 말처럼 쉽지 않다. 그래서 혼자 상처 받고 운다. 이런 점이 창피하고, 여전히 부끄럽다. 그런데 이제는 생각을 달리해 볼까 한다. 나라도 내 편을 들어 주기로. 이런 특징마저도 좋아해 주기로. 나는 솔직한 거다. 누구보다 감정에 솔직한 사람이기 때문에 순간에 충실해서 그런 거다. 살면서 나에게 한 번쯤은 고마워하는 사람이 생기지 않을까. 있는 그대로의 감정을 보여 줘서 고맙다고, 나도 널 그렇게 대할 수 있도록 노력하겠다고 이야기해 줄 수 있는 사람이 어딘가에는 있겠지.

어린왕자

 개강 전날, 유진이가 늘 가지고 다니던 캐리어를 끌고 집에 왔다. 오랜만에 책 이야기를 하는데, 생텍쥐페리의 『어린왕자』가 언급되었다. 유진이는 『어린왕자』를 좋아하나 보다. 머리가 크고 처음 읽는 책에 주로 『어린왕자』가 포함된다는 것을 이야기하며 즐거워했다. 유진이의 이야기를 들으며 문득 이런 생각이 들었다. 어린왕자의 머리카락이 금발머리 대신 유진이의 고동색 머리카락과 같은 색이었다면 덜 외로움에 잠긴 어린왕자의 모습 같아 보였을까? 나도 이 책을 좋아한다. 영어로 쓰인 소설 중 처음 사 본 책이 『어린왕자』였다. 영어책은 끝까지 읽지 못했지만, 디자인이 예뻐서 가지고만 있어도 좋았다.

 어린왕자는 기운 없는 것 같으면서도 생명력이 있었다. 황량한 사막에서도 무서워하지 않고, 뱀에게 물려 생명을 유지하기 힘든 상황에서도 다급해하지 않았다. 유진이 덕에 어린왕자 책이 떠올라서, 개강을 앞두고 생긴 여러 걱정들에도 덜 동요되는 것 같은 느낌이 든다.

위저드 베이커리

유진이 이야기를 하니까 유진이가 이야기해 준 정보가 생각이 났다. 당뇨 환자분들이 드실 수 있는 사탕이 있다고 한다. 듣자마자 구병모의 소설 『위저드 베이커리』가 생각났다. 10개에 15,000원 정도 하는 사탕인데 이것을 입에 넣고 녹여 먹은 후, 신 음식을 먹으면 단맛이 난다. 당뇨병이 있으신 분들은 단 음식을 드시지 못하기 때문에 유용하게 쓰일 수 있을 것이다. 신기한 음식이다. 다만, 신 음식이 사탕으로 코팅된 입안에서는 달게 느껴지지만, 식도로 넘어가는 순간 쓰리다고 한다.

이갈리아의 딸들

배추에게 선물 받은 책이다. 선물 받기 전에도 소꿉친구였던 가원이에게 유명한 페미니즘 도서라고 추천받아 읽으려고 시도했던 적이 있었다. 읽으며 무엇이 부조리한지를 바로 깨달을 수 있었던 책이다. 당시에는 끝까지 읽지 못했었는데, 선물을 받으니 기분이 좋았다.

이 책과 관련되어 생각나는 영화가 있다. 〈거꾸로 가는 남자〉라는 프랑스 영화이다. 둘의 소재가 비슷하다고 생각해서 떠올랐다. 현대 문명사회에서 볼 수 있는 남자와 여자와의 관계가 역전된 채로 이야기가 전개된다. 게르드 브란튼 베르그의 『이갈리아의 딸들』은 최근에 쓰인 책이 아님에도 불구하고 참신한 소재를 통해 세상의 부조리함을 보여 준 것 같아 기억에 남는다. 꼭 한 번 읽어 보길 추천한다.

가원이는 나에게 『이갈리아의 딸들』을 추천해 주었고, 나는 〈거꾸로 가는 남자〉를 추천해 주어 함께 봤었다. 서로 추천해 준 소재가 비슷하다는 것이 좋다.

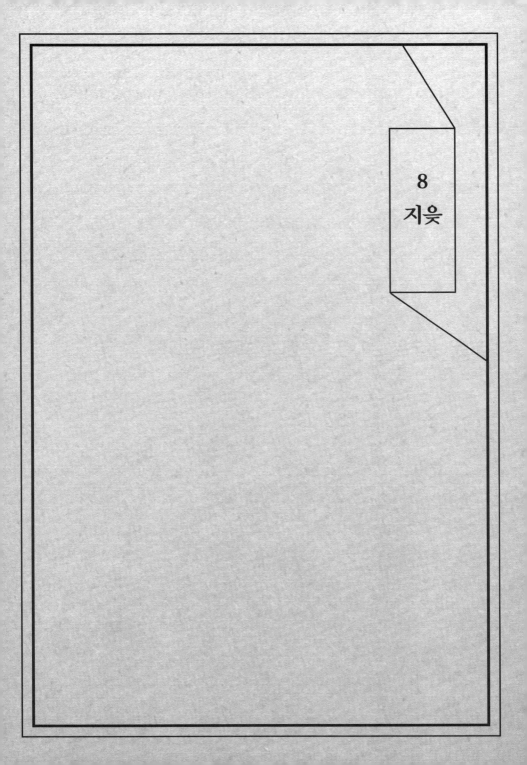

8
지읒

종이 여자 / 왜 나는 너를 사랑하는가

나의 많은 장점 중 하나는 당장의 분위기를 즐길 줄 안다는 거다. 그리고 방금 떠오른 생각이, 지금 분위기가 너무 좋다는 것이다. 언젠가 내 글이 출판되었을 때, 내가 설명하는 분위기를 떠올리며 공감할 사람이 한 명쯤은 있지 않을까. 바쁜 일이 없는 하루 중, 한적한 카페에 앉아서, 좋아하는 음료를 시켜 놓고, 겨울 분위기가 나는 햇빛을 받으며, 아끼는 공책에 글을 쓴다.

이 분위기 속에서 생각나는 책은 두 권이다. 기욤 뮈소의 『종이 여자』, 알랭 드 보통의 『왜 나는 너를 사랑하는가』이다. 한적한 시간에 잔잔한 분위기를 원한다면 추천해 주고 싶다. 어떠한 책을 읽으면 마음을 추스르는 데 며칠씩 걸리기도 하고, 어떠한 책들은 읽은 후 금방 잊히기도 한다. 그런데 이 두 책은 감정을 추스를 수 있을 정도의 여운을 남긴다. 그렇다고 인상 깊지 않다는 말은 아니다. 그만큼 인상이 깊었기 때문에 읽은 지 한참이 되고도 내 기억 속에 살아 있는 것이 아니겠는가.

기욤 뮈소 작가님의 『종이 여자』는 내가 글을 쓰고 있는 현시점으로부터 대략 6년 전쯤 읽었던 책이다. 아주 힘든 시기에 선물 받아 읽어 보았는데, 시간 가는 줄도 모르고 앉은 자리에서 다 읽었다. 또한 이 책을 통해 기욤 뮈소라는 작가님을 처음 알게 되었다.

난 보통 전공 서적, 시험과 관련된 내용의 책, 내용이 심오한 책이 아닌 이상 한 번 읽은 책을 여러 번 다시 읽는 편은 아니다. 독자가 언제 다시 책을 읽느냐에 따라 생각하는 관점, 읽은 후의 태도 등이 달라진 다고는 하지만 나라는 독자는 책을 떠올리면 그 당시 나의 모습을 같이 생각해 내기 때문이다. 『종이 여자』를 읽기 전에 서러운 이야기를 털어놓으며 눈에 눈물이 맺혀서는 파스타를 와구와구 먹고 있는 모습, 책을 읽는 도중에도 눈물이 찔끔찔끔 맺혀 있고 읽은 후에는 지쳐서 잠든 모습까지 함께 떠오른다.

  알랭 드 보통 작가님의 『왜 나는 너를 사랑하는가』라는 책에는 나와 두 사람이 얽혀 있다. 한 분은 교수님이시고, 한 분은 나와 6개월간 아르바이트를 같이했던 현주 선생님이시다. 대학교 교양 수업으로 사회 심리학을 수강한 적이 있다. 그때, 이 책에 대한 예시를 많이 이야기해 주서서 그런지 교수님 생각이 난다. 수업을 들을 때부터 도서관에 책을 예약해 놨는데, 핑계일 수 있지만 학기 중에는 읽을 시간이 없다 보니 방학이 될 때까지 읽지 못했다. 이렇게 도서관에 예약해 놓은 차례가 넘어갔고, 그 뒤로는 다시 예약을 하면 몇 주를 기다려야 한다는 생각에 엄두를 내지 못했다. 최후의 수단으로 책을 주문하려던 찰나에, 이게 웬걸. 같이 아르바이트를 하는 옆자리 선생님께서 이 책을 읽고 계시지 않은가. 슬쩍 여쭈어 보니 직접 사신 책이라고 하셨다. 운이 좋게도 선생님께 책을 빌려 읽을 수 있었다. 간절히 바라면 이루어진다고. 그분께 책을 빌린 지 이틀 만에 책을 다 읽었다. 인연이 닿아 연인이 되고 헤어짐을 극복한 후 새로운 사람을 만나게 될 때까지. 사랑을 해 본 사람이라면 누구든 공감하고 이해할 수 있는 내용일 것이다.

젊은 베르테르의 슬픔

버스에서 노래를 듣고 창밖을 바라보며 생각에 잠기는 것을 좋아한다. 아르바이트를 일찍 마친 후, 사람 몇 안 되는 버스에 앉아서 노래를 듣기 위해 이어폰을 꺼내려고 했다. 여기까지는 좋았다. 그러는 도중에 132G USB를 떨어뜨렸다. 내가 앉은 저상버스 자리의 밑에는 하필 엔진 같은 검정색 기계가 있었고, 그 속으로 들어간 것인지 USB는 감쪽같이 사라졌다. 말도 안 된다. 그 안에는 지금까지 겪어 온 나의 대학 생활이 들어 있었다. 공인인증서, 과제, 족보, 사진 등 모든 것이 있었다. 얼굴이 새파랗게 질려서 계속 찾아보았지만 보이지 않았다. 하루 종일 행복했던 것은 USB를 잃어버리기 위함이었던 것인가. 그때는 세상이 무너진 것 같았지만, 지금은 조금 괜찮아졌다. 그런데 USB가 떠오를 때마다 슬픈 것은 여전하다. 혼자가 된 나의 USB에게 안녕을 고하고 싶다. 요한 볼프강 폰 괴테의 『젊은 베르테르의 슬픔』이라는 책이 떠오르는 순간이다.

계속 생각나는 책의 장면이 있다. 책 속 주인공이 자살을 하는 장면이다. 그런데 바로 죽지 않았다. 나는 왜 이 장면을 계속 상상하면서 고통스러워하는 걸까? 죽음에 도달하기 전 불가피하게 겪어야 하는 고통이 두려워서인가? 무조건 겪어야 할 고통을 생각하는 것은 쉬운 일이 아니다.

죽음 그 후

이 책, 절판되었다. 우리 학교는 도서관이 크지 않아서 책이 많지 않다. 그래서 이 책을 소장하고 있지 않다. 사실 마음만 단단히 먹으면, 아주 단단히 먹으면 얼마든지 책을 빌릴 방법이 있을 것이다. 그런데 책을 빌리고 싶다는 생각보다는 소장하고 싶다는 욕구가 더 크다. 중고는 원가의 약 두 배에 약간 못 미치는 것 같다. 이 책의 출간을 마치기 전에 나는 제프리 롱 작가님의 『죽음 그 후』를 소장하고 있기를 바란다.

제3인류 / 잠

베르나르 베르베르의 『제3인류』라는 책에는 초소형 인간이 나온다. 이 책의 제목과 함께 영화 〈이터널 선샤인〉의 짐 캐리가 생각났다. 기억을 지우지 않기 위해 어린아이의 모습으로 식탁 밑에 숨어 있는 장면. 두 작품에 내용적인 접점은 단지 작은 인간의 모습이 나온다는 것뿐이다.

베르나르 베르베르의 책 이야기가 나와서 그러는데, 『잠』이라는 책도 생각이 났고, 내가 아는 잠에 대한 지식도 함께 떠올랐다. 아침에 잘 일어나려면 1시간 30분 간격으로 잠을 자고 일어나야 한다는 것이다. 밤을 새더라도 1시간 30분은 자야 한다. 1시간 30분, 3시간, 4시간 30분, 6시간, 7시간 30분. 이 간격으로 일어나면 수면 주기로 인해 일어나기 한결 수월하다고 한다. 글을 쓰는 이 시점이 겨울이어서 날이 추워지니 일어나기 힘든 것 같아 적어 보았다.

궁금한 것이 있다. 우리는 잠의 단계 중 렘수면 상태일 때 꿈을 꾼다. 혹시라도 렘수면 상태에 갇히게 되면 영원히 꿈속에 살게 되는 걸까?

전락

알베르 카뮈의 『전락』은 할 말이 많은 책이다. 누군가 이 책을 인생 최고의 책이라고 했다. 지금의 내가 그렇다. 여러 번 읽을수록 더욱 곱씹게 되는 책이다.

『전락』을 첫 번째로 읽었을 때, 누군가가 뽑은 최고의 책이라고 하니 완독을 목적으로 무작정 읽었다. 글자를 읽었던 것이어서 그런지 깊은 생각은 하지 못했었다. 후에, 문득 내가 잘못한 일들을 생각하다 보니 『전락』이 생각났다. 그래서 다시 빌렸다. 제대로 읽어 보고 싶다는 생각이 들었다. 결론은 다시 읽기를 잘했다는 것이다. 제목의 의미를 제대로 알게 되는 것 같았다. '계산된 고백'을 하는 주인공의 모습은 마치 죄를 지은 후 그것에 대한 잘못을 최소화시켜 이야기하는 나의 모습 같았다. 물어보지 않아도 나의 잘못을 먼저 고하는 모습까지. "도둑이 제 발 저리다."라고 한 말이 맞다. '자발적 참회자'라니, 적절하다. 죄를 지은 후, 정상에서 떨어지는 모습까지 잘 담겨져 있다. 끊임없이 생각나는 책이고, 그럴 만한 가치가 있는 책이다.

전락 속 인생의 하락세를 걷는 변호사의 심정이 이해가 간다. 죄를 지은 후, 온 신경은 그것에 쏠리기 때문에 다른 것을 생각할 겨를이 없다. 그래도 변호사는 나보다 강한 사람이다. 난 죄를 지으면 몸까지 아프다. 반면, 변호사는 자신의 잘못을 유리하게 먼저 고백하지 않았던가. 내가 '자발적 참회자'가 되더라도 그 과정에서 또 다른 거짓을 만들

8장

어 냈을 것이다. 그리고는 다시 앓아눕겠지. 이제는 『전략』이라는 책이

왜 두고두고 회자되는지 알 수 있을 것 같다.

지적 대화를 위한 넓고 얕은 지식

나는 경기 북부의 한 노인병원에서 토요일마다 격주로 봉사활동을
한다. 이건 내 자랑인데, 봉사에 가면 병동 간호사 선생님들과 사회복
지사업과 선생님께서 늘 칭찬을 해 주신다. 간식도 주시고, 좋은 일을
한다고 이것저것 알려 주시기도 한다. 그런데 이 과정에서 내 지식이
아주 얕다는 것을 매번 깨닫는다. 저학년이어서 그런지 기본적인 이론
이나 의학 용어조차 단번에 알아듣지 못하기 때문이다. 채사장의 『지
적 대화를 위한 넓고 얕은 지식』처럼 얕은 지식이라도 넓은 분야에 걸
쳐 아는 것이 많았으면 좋겠다. 앞으로 지적 대화를 알아듣기 위해 넓
고 깊은, 전문적인 지식을 필요로 한다는 것을 명심하며 열심히 배워야
겠다.

지킬 박사와 하이드

평소 길을 걸을 때는 보통 표정이 없지 않은가. 나도 그렇다. 혼자 있는 것이 민망해질 때가 있는데, 그럴수록 더욱 정색을 하는 편이다. 열심히 무표정을 유지하던 순간, 버스 정류장에서 반가운 사람을 만났다. 같은 부서에서 일하는 희주 선생님이셨다. 나의 표정이 얼마나 밝게 변하던지 동시에 웃음이 터졌다. 밤 9시쯤, 웃음이 터진 그 순간이 재미있었다. 희주 선생님은 와플을 드시면서 버스를 기다리고 계셨는데, 행복한 표정으로 와플을 드시고 계시는 모습이 좋았다.

집에 돌아오는 길에 생각해 보니 무표정한 얼굴의 나와 웃음 가득한 얼굴의 나는 다른 사람인 것 같은 이질감이 느껴졌다. 지킬 박사와 하이드가 원래는 한 사람이지만 전혀 다른 사람처럼 여겨지지 않는가. 하지만 지킬 박사와 하이드는 외형까지 변하며 생기는 차이가 선과 악의 느낌이라면, 나는 고작 흑백 인쇄와 컬러 인쇄 정도의 차이일 뿐이다.

로버트 루이스 스티븐슨 작가님은 이 책을 어떻게 쓰게 되신 것인지 궁금하다.

자기만의 침묵: 소음의 시대와 조용한 행복

본인이 엄청난 실수를 저질렀을 때 어떻게 대처하는가?

얼마 전 나는 큰 실수를 했다. 그게 무엇인지는 이곳에 쓰지 않겠다. 부끄럽다. 내가 속한 여러 사회 중 한 곳이 발칵 뒤집힐 만한 일이었다. 내가 봐도 참 속이 없었다. 그때, 짧은 시간 동안 수천 번도 넘게 고민했다. 진정으로 사과하고 수습하는 길을 택할 것인지, 핑계로 일을 덮어 버릴 것인지. 난 둘 다를 택했다. 사과를 하고, 나를 보호하기 위해 여러 변명도 곁들였다. 다행히 일은 잘 마무리되었다. 나의 잘못으로 유발된 어수선함은 시간이 해결해 줄 것이다.

이렇게 내 단점이 표면에 드러나거나 커다랗게 보이는 순간 쥐구멍에 들어가 숨고 싶은 기분이 든다. 그곳에 가면 잠시라도 조용한 행복을 느끼며 숨을 돌릴 수 있지 않을까. 숨는다고 일이 해결되지는 않지만 간절하게 숨고 싶었다. 엘림 카게의 『자기만의 침묵: 소음의 시대와 조용한 행복』이라는 책의 제목처럼 침묵을 지키며 사는 것이 중간은 갈 수 있는 방법 같다.

죽도록 즐기기

　한 달에 한 번, 책을 한 권씩 산다. 책을 살 때는 주로 안 읽어 본 책보다는 읽고 괜찮았던 책을 산다. 그전에는 책을 빌려 보기 위해 도서관을 애용하는데, 자주 희망 도서를 신청한다. 그런데 지금, 약 두 달 전 신청했던 책이 도착했다는 문자를 받았다. 우선 예약을 걸어 놓은 것이 얼마나 다행이던지. 조지 오웰의『1984』와 올더스 헉슬리의『멋진 신세계』와 관련해 앞서 언급한 닐 포스트먼의『죽도록 즐기기』라는 책이다. 신청해 놓고도 잊고 있었다. 오랜만에 책 선물을 받은 것 같은 기분과 작년 코트에서 잊고 있던 현금을 찾은 것 같은 기분이 든다. 책의 제목이 멋있다. '죽도록 즐기기'.

좀비 연대기

    가끔 희한한 꿈을 꾼다. 이번에는 좀비들이 창궐하는 세상에서 더 늦게 물릴수록 지능이 높은 좀비가 되는 꿈을 꿨다. 이 꿈을 이야기하니 로버트 E. 하워드의 『좀비 연대기』라는 책 제목이 생각난다. 세상에 좀비가 있지 않을까? 사탕수수밭 좀비는 진짜일까? 이 책의 장르는 소설이 맞겠지?

9

치읓

차라투스트라는 이렇게 말했다

    나는 생각이 통통 튀는 편이다. 글을 쓰면서 한 책을 이야기하는 도중에 다른 책을 이야기하고 싶다는 생각이 든다. 그러면 급히 메모해 놓은 후 마저 글을 쓴다. 그래서 공책에 글을 쓸 때는 늘 왼쪽 면에 아무것도 쓰지 않는다. 무슨 생각이 떠오를지 모르니 빠른 메모를 위해 늘 비워 두는 습관이 있다.

    그건 그렇고, 신기하게도 오늘따라 글이 참 잘 써진다. 읽는 것과 쓰는 것은 엄청난 차이가 있다는 것을 깨달은 지 얼마 되지 않았다. 책을 읽는 것을 좋아해서 쓰는 것도 잘할 수 있을 줄 알았는데 아니었다. 글을 쓰는 것은 생각보다 어려웠다. 잘 써야 한다는 부담감 때문인지, 글을 통해 나를 드러내는 것이 익숙하지 않아서인지 글쓰기가 어려울 때가 많다. 그래도 오늘은 괜찮다. 좋아하는 공책에 글을 쓰면서 좋아하는 볼펜의 심이 급격히 줄어드는 모습과 따뜻한 커피와 어느 정도의 백색 소음이 잘 유지되고 있다. 나중에 이 순간을 떠올릴 때는 어떤 제목의 책을 이야기할 수 있을까?

    지금 읽고 싶은 책이 있기는 하다. 프리드리히 니체의 『차라투스트라는 이렇게 말했다』. 이 책은 몹시 어려웠다. 언젠가 『참을 수 없는 존재의 가벼움』이라는 책을 읽기 전 이 책을 읽으면 좋다는 말을 듣고 잠깐 시도해 보았다. 그런데 이렇게 어려운 책인 줄 몰랐다. 결국, 『참을 수 없는 존재의 가벼움』만 완독했다. 아직도 이 책은 다 읽지 못했다.

이 책을 읽다 보면 내용이 어려워서 글을 쓰는 것이 상대적으로 쉬워
질 수 있지 않을까 하는 마음에 떠올려 보았다.

창문 넘어 도망친 100세 노인

　봉사활동과 관련된 주제를 조금 더 이야기해 보겠다. 내가 있던 병동 중 한 곳은 치매 병동으로 폐쇄 병동이었다. 그러다 보니 병동을 배회하시는 분들도 계시고, 틈만 나면 슬그머니 밖으로 탈출하시려는 분들도 계셨다. 금세 들켜서 다시 들어오시긴 한다. 그분들은 병원이 답답하신 걸까? 나가려고 하실 때마다 얼마나 표정 관리를 잘하시는지. 몰래 나가시면서 간호사실 앞을 지나가실 때는 눈 하나 깜짝 않으신다. 인생의 내공이 담긴 포커페이스랄까. 탈출의 원대한 계획이 실패해 돌아오실 때는 머쓱한 미소를 지으신다.

　요나스 요나손 작가님의 『창문 넘어 도망친 100세 노인』에 나오는 주인공 할아버지도 요양원을 탈출하신다. 그래서 그런지 몰래 나가려 하시는 분들을 보면 이 이야기가 떠오른다.

치아문단순적소미호

방학 때, 중국어를 시작했다. 글을 쓰는 지금도 중국어를 계속 배우는 중이다. 중국어 선생님께서 회화 공부를 위해 드라마 〈치아문단순적소미호〉를 추천해 주셨는데 찾아보니 책으로도 나와 있었다. 자오첸첸의 『치아문단순적소미호』는 마음이 몽글몽글해지고 싶을 때 읽으면 좋을 듯하다.

철학의 힘

과제 마감에 급히 글을 쓸 때를 제외하고는 글쓰기를 시작조차 하지 못하는 내가 글로 이야기하고 싶어질 때가 있다. 좋아하는 분위기 속에서 그런 것 같다. 가장 최근에 글이 잘 써졌을 때와 비슷한 환경에 와 있는데, 지금은 왜 글이 써지지 않는 것일까? 반복되는 일상에 특이점이 없어서 그런 것일 수도 있고, 스스로 생각해 보려는 시간이 줄었기 때문일 수도 있다. 언젠가 글이 쓰고 싶어졌을 때, 글을 쓸 수 있는 상황이 아니라면 어쩌지. 아니다. 걱정은 말고 현재를 즐겨야 한다. 철학의 힘은 이럴 때 쓰는 게 아닌가. 김형철의 『철학의 힘』에서 가장 기억에 남는 말이 '카르페디엠'이다. 이 책으로 삶을 대하는 태도가 바뀌었다. 나의 인생은 '카르페디엠'을 알기 전과 후로 나뉜다고 해도 과언이 아니다. 현재 주어진 상황에 최선을 다하며 즐기라는 뜻인데 나도 모르게 계속 되새기게 된다. 지금까지 수없이 많은 후회를 하고 살았다. 다시는 그와 같은 후회를 반복하지 않기 위해 앞으로도 계속 이 말을 되새길 것이다.

『철학의 힘』은 살아가며 기본적으로 알아 두면 좋을 법한 철학들을 쉽게 설명해 놓았다. 가볍게 읽으며 기억해 두고 자신만의 철학을 만드는 데 응용할 수 있을 것이다.

10

티읕

타나토노트 / 천사들의 제국 / 신

  죽음을 생각해 보게 되는 날이 있다. 이와 관련해 베르나르 베르베르의 『타나토노트』, 『천사들의 제국』, 『신』이 떠올랐다. 워낙 우리나라에서 인기가 많은 작가이다 보니 이름을 처음 듣는 사람은 별로 없을 것이다. 베르나르 베르베르의 책에 한국인이 자주 등장하는 것도 작가의 인기와 관련되어 있다는 이야기를 들은 적 있다. 『타나토노트』는 인간들이 현재 세상에서 죽음에 관해 연구하는 과정을 쓴 책이다. 『천사들의 제국』은 죽은 후 신이 되는 과정을, 『신』은 그 이상의 존재가 되기 위해 일어나는 일들의 내용이다. 이 책을 모두 읽었던 이유는 『신』의 결말이 가장 궁금했기 때문이다.

  내가 책을 좋아하게 된 것은 베르나르 베르베르라는 작가의 책을 읽으면서부터이니 아낌없는 애정을 보낸다. 난 베르나르 베르베르라는 책이라면 사람들의 평가가 어떻든 다 좋아했다. 그중, 『상상력 사전』, 『나무』, 『파피용』을 가장 좋아한다. 이런 책을 쓰기 위한 상상은 어떻게 하는 걸까. 나도 참신한 소설을 써 보고 싶다.

탈코일기

과거의 나는 꾸밈 노동을 하는 시간이 길었다. 지금도 아예 없다고 할 수는 없다. 언제쯤 코르셋에서 완전히 벗어날 수 있는 용기가 생길까? 꾸밈 노동에 투자해 온 시간, 돈, 노력이 아깝다. 너무 아깝다. 그 시간에 나를 위한 일을 할 수 있었던 것을……

우리는 서로를 알아본다. 어느 날 갑자기 화장을 전부 포기하기는 어렵더라도, 노력한다. 피부 화장부터 시작해서 쉐이딩, 립스틱, 눈썹까지 차근차근 없애 보려고 용기를 내 보는 중이다. 서로가 있어 든든하다.

아직 페미니즘에 대해 부정적인 시선이 많은 사회에서 작가1의 『탈코일기』는 당당한 제목이 멋지다.

11
피읖

평행우주

때는 바야흐로 내가 고등학교 3학년이던 시절이다. 대학에는 붙고 싶은데 작년 경쟁률과 합격 등급을 보며 좌절하던 그때, 물리학과는 이 공 계열 중에도 경쟁률이 폭발하지 않기로 유명하다는 이야기를 들었다. 재수가 싫었던 나는 물리학과에 원서를 넣기로 결정했다. 물리학과와 관련된 자기소개서를 쓰기 위해 책을 읽기로 결심했고, 고심해서 책을 골랐다. 미치오 카쿠의 『평행우주』인데 아직도 다 이해하지 못한다. 슈뢰딩거의 고양이. 나는 고양이가 참 좋다. 빵 굽는 고양이는 좋지만 빵판은 싫다.

빵판 이야기가 나오니 생각났다. (빵판은 'breadboard'라고 불리며 전자회로를 만드는 데 사용한다.) 결국 운 좋게 현역으로 전자물리학과에 입학했었다. 그곳에서 회로를 만들 일이 있었는데 빵판에 저항, 전선 등을 연결해야 했다. 그런데 무엇을 잘못했는지 내가 만든 회로에 스멀스멀 연기가 피어올랐다. 창문을 열고 조원 전체가 부채질로 연기 냄새를 없애고 있었다. 지금이라도 간호학과로 진로를 바꾸길 잘했다는 생각이 든다.

파우스트

누구나 한 번쯤 수치스러운 상황을 겪어 본 적 있을 것이다. 내가 그랬다. 그런 상황을 겪은 후 한 시간도 채 지나지 않아 글을 쓰고 있다. 마음을 진정시켜 보려고 노력 중이다. 이럴 때 자리에 앉으면 움직일 수도 없고, 한동안 멍하니 있게 된다. 상황을 되돌리고 싶고, 왜 그런 선택을 한 것인지 과거의 나를 탓하게 된다. 필라테스를 가려고 수업을 예약해 놨는데, 몸을 움직이는 것이 어색해졌으니 취소해야 하나. 돌처럼 굳어 있고 싶다. 오늘보다 다음 운동하는 날이 더 힘들 수 있으니 오늘이라도 가야 하나. 생각이 많아진다. 창피하다. '이 또한 지나가리라', '난 3일이면 괜찮아진다' 등 여러 생각을 하고 있다. 이럴 때 시간을 되돌릴 수 있도록 악마와 계약이라도 하고 싶은 심정이다.

결국 필라테스 수업은 그대로 갔다. 요한 볼프강 폰 괴테의 『파우스트』가 생각난다. 악마와 계약을 해서라도 이 시기를 빨리 지나 보내고 싶다.

12
히읗

하마터면 열심히 살 뻔했다

가끔은 이런 날도 있어야지. 며칠간 놀고, 먹고, 쉬었다. 할 일을 끝마치지 않았다. 내일 쪽지시험이 있는데 난 벼락치기를 할 것이다. 원래 쪽지시험의 속뜻은 벼락치기가 아닌가. '하마터면 열심히 살 뻔했다'라는 제목이 정말 좋다. 조금 덜 열심히 사는 날도 있어야 한다. 내 인생이니 속도 조절도 내 마음인 것이다. 잠시 후에도 벼락치기 대신 영화를 보고 있을 예정이다. 가끔은 이런 날도 있어야지.

힐빌리의 노래

교양 수업을 들으며 추천받은 책이다. 공부하기에 적절하지 않은 환경에서 어떻게 주인공이 삶을 개척해 가는지 보여 준다. 또한 가난한 사람들의 삶을 거짓 없이 표현해 주는 책이기도 하다. 요즘 우리나라도 "개천에서 용 난다."라는 말이 사라지고 있다. 시작점이 다르고 하루를 살아 내기에 바빠 미래를 생각할 겨를이 없다. 젊어서 하는 고생은 괜찮다고 몸을 혹사시키며 살더라도 성공하는 사람은 소수이다. 이 책의 작가도 통계에 따르면 좋은 대학에 들어갈 가능성이 거의 없다고 했다. 정작 그러한 상황에 있을수록 좋은 대학에 입학해야 더 많은 지원을 받을 수 있다는 것을……

책에 대한 내용을 어떻게 마무리 지어야 할지는 모르겠지만, 이 글을 읽은 누군가에게는 위로와 격려가 되었으면 좋겠다. 통계를 무시하고 보란 듯이 소수에 든 작가와 같이, 당신들이 소수가 되어 세상을 바꾸는 모습을 보고 싶다. 누군가를 위해 키다리아저씨가 되어 주는 그날까지 당신의 노력을 응원한다.

이 책은 J.D 밴스의 『힐빌리의 노래(위기의 가정과 문화에 대한 회고)』이다.

* '책 제목 찾기'는 상황 속 적절한 책의 제목이 떠오르지 않아 구분해
놓은 카테고리이다.

책 제목 찾기 1

고등학교 때 내가 좋아하던 남자아이가 있다. 나는 독서를 원래 좋아했지만, 그 아이 앞에서 책 읽는 고상한 모습을 보여 주기 위해 책을 더 자주 빌렸다. 덕분에 고등학교 3학년 때 다독상을 받는 쾌거를 이루었다. 본론으로 돌아와서 독서를 하려고 책을 펼쳤는데, 그날따라 책 내용이 눈에 들어오지를 않았다. 그 남자아이와 내 자리는 대각선이어서 내가 언제든 눈만 돌리면 그 애를 볼 수 있는 자리였다. 그래서 책 읽는 척하면서 힐끔힐끔 보고 있었다. 점심시간이 끝난 후 햇살이 따뜻할 때, 조용하고 나른한 분위기 속에서 그 애를 보았다. 수학 문제를 푸는 모습이 그렇게 멋있어 보일 수 없었다. 결국 책을 넘기긴 넘겼는데, 한 글자도 읽지 못했다. 내가 책을 덮는 모습을 보며 옆자리 친구의 책 내용이 어땠냐는 질문에 "모르겠어. 그냥 그래."라고 대답했다. '피아니시모'와 비슷한 제목의 책 같았다. 초록색 바탕이었던 것 같기도 하다. 무슨 책이었을까. 정확한 책의 제목을 알 수 있는 날이 오기는 할까?

이 글을 쓰고 있는 나는 오늘도 카페다. 과제가 있어서 그런지 오늘 따라 글이 쓰고 싶다. 급한 과제 먼저 끝마치는 게 맞지만 왠지 글을 쓰고 싶었다. 원래 급하게 해야 할 일이 생기면 그 일을 제외한 모든 일이 재미있어진다. 과제를 포기하고 공책에 글을 쓰면서 손이 아파올 때 쯤, 할아버지와 할머니께 안부 전화를 걸었다. 통화가 길어지기 시작하니, 내 정신은 다른 생각을 시작했다. 두 분께 어울리는 책 제목은 무엇일까. 떠오르는 책이 없었다. 내 20여 년 인생을 같이해 주신 분들에게 어울리는 책 찾기가 이렇게 힘들 줄이야. 어쩌면 두 분이 살아오신 인생이 더 소설 같아서, 그 자체가 아름다운 이야기가 되기 때문이 아닐까 싶다.

각 계절에 어울리는 책을 찾고 있다.

봄에 어울리는 따사로운 느낌의 책을 찾는다. 벚꽃의 꽃말인 '중간고사'에 따라 한낱 대학생인 나는 벚꽃축제를 보러 갈 수 없기 때문에 기분이라도 내 보려고 한다. 햇볕은 따스한데 서늘하고, 생동감 있지만 잔잔한 느낌의 책을 읽어 보고 싶다.

여름을 상징하는 싱그러운 초록 풍경과 맑고 청량한 바다를 떠올리게 하는 책도 좋겠다. 그런데 나는, 비가 줄기차게 내리는 바깥 풍경을 잔잔한 실내의 유리창을 통해 바라보는 것 같은 분위기의 책을 찾고 싶다.

가을에는 벽난로가 있는 집 거실에서 스웨터를 입고 책을 읽는 모습이 떠오른다. 실제로 누군가는 이러한 분위기 속 독서를 하고 있겠지. 가을은 별다른 이유 없이 책을 떠올리기 가장 좋은 계절이다.

겨울과 어울리는 책은 무엇이 있을까. 하얀 눈이 소복이 쌓여 있고, 눈사람 하나가 만들어져 있었으면 좋겠다. 이런 풍경에 어울리는 책은 무엇이 있을까. 단, 겨울이 건조하니 겨울과 어울리는 책은 무미건조하지 않았으면 좋겠다.

독자들의 계절 속 가장 먼저 떠오르는 책은 무엇인가?

14
추임새

이 책에서 추임새란 글을 쓰며 든 생각들을 적어 둔 혼잣말이다.

- 오랜만에 할머니 옆에 누워서 자는데 할머니가 코를 고셨다. 슬그머니 내 방으로 들어가서 잤다.

- 이 글이 책이 될 수 있을까. 지금 시기에 한 번의 위기가 찾아왔다. 어차피 세상에 내놓을지도 모르는 책인데 계속 써서 뭘 하겠는가.

- 나는 자랑을 좋아한다. 너무 솔직했나. 그래서 내가 읽은 책을 알리고 싶고, 편안한 분위기에서 책의 내용을 공유하고 싶다.

- 글이 잘 써질 때 글을 쓰는 것은 좋다.

- 내가 이루고 싶은 목표를 발표할 때, 나만의 책을 출판한다고 다짐한 적이 있다. 이 다짐이 꼭 이루어질 수 있기를 바란다.

- 아참, 오늘 책장이 배송된다고 했다. 책을 정리하며 마음을 다잡아 볼까. 다음에는 무슨 책에 대한 이야기를 써 볼까? 이 책을 읽고 있다면 어떤 제목의 책이 나오길 바랐는가?

- 프랑스어는 들을수록 매력 있다. 앙, 트, 뚜아, 위. 프랑스 영화도 독특한 분위기가 많아서 좋다.

- 내가 책을 쓰고 있다는 사실이 소설 같지만, 책의 장르가 소설이 아

닌 것은 확실하다. 어떠한 사람들은 노래를 들으며 자신의 추억을 상기한다. 영화를 통해, 영화에 나온 배우를 통해 지나간 시절을 떠올리는 사람도 있고, 나처럼 책들이 그러한 역할을 해 주는 경우도 있을 것이다.

• 지금의 나는 딱딱한 글을 쓰고 있다. 어제의 나는 부드러운 글을 썼다. 하루하루의 내가 다르기 때문의 글의 분위기가 약간씩 달라지는 것은 어쩔 수 없다.

• 서점에 갔다. 많은 책을 보며 부러움과 존경심이 동시에 느껴졌다. 책을 한 권이라도 낸 적 있는 사람은 끈기와 인내심이 대단할 것이라는 생각이 들었다.

• 내가 완성하는 글은 나에게 어떤 의미가 될까?

• 다음에 내가 이 글을 보았을 때는 왼쪽 하악골의 사랑니가 뽑혀 있겠지. 매복된 사랑니를 뽑는 것은 무섭다. 사랑니를 뽑는다고 이야기하고 싶었다. 사랑니를 뽑는다고……. 한 번은 사랑니를 뽑으러 가는 길이 무서워서 배추가 동행해 준 적이 있다. 변명을 하자면 사랑니를 뽑기 전 배추와 식사 약속이 있어서 함께한 거다.

• 한 가지 걱정이 생겼다. 이 책이 발간된다는 전제하에 책의 장르가

유머여도 괜찮을 것 같다. 나름 진지하게 쓴 책이지만 누군가는 재
미있게 읽어 주지 않을까. 원래 대부분의 걱정이 쓸데없는 걱정이라
고 하지 않던가. 책이 발간되기도 전에 김칫국부터 마시고 있는 것
같다.

• 유진이는 자신이 코를 골까 봐 걱정한다. 걱정하고 코를 곤다. 재미
  있다.

• 나는 질투와 견제가 심하다. 승부욕도 나름 강하다. 내가 이길 수 있
  을 것 같을 때, 이기지 못하면 화가 나고 분하다. 앞에서 티는 잘 내지
  않지만 뒤에서 칼을 가는 경우가 종종 있다. 그런데 그만큼 겁도 많아
  서 가능성이 없어 보이는 싸움은 아예 시작조차 하지 않는다. 이 때문
  에 좋고 싫은 과목의 유형이 뚜렷한 편이며, 책 편식도 심하다.

• 요즘은 왜인지 고전소설이 좋아진다.

• 한동안 글을 못 썼다. 안 쓴 것이 맞다. 요즘에는 책을 쓰고 싶다는
  생각조차 들지 않았다. 습관처럼 책을 읽더라도 어떤 날은 책이 술
  술 읽히는 반면, 어떤 날은 쉬운 책조차도 안 읽힐 때가 있다. 책을
  쓰는 것도 이와 비슷한 이치가 아닐까.

• 누군가는 꿈을 이루었다. 누군가는 꿈을 이루기 위해 노력하는 중

이다. 누군가는 꿈을 찾고 있다. 당신이 어디에서 무엇을 하고 있든, 당신의 인생에서 당신은 굴곡을 그리며 멜로디를 만들어 낸다. 인생의 매 순간, 한마디를 소중히 여기며 살아갈 수 있도록 응원한다.

• 무서운 이야기를 하는 바람에 무서워졌다. 사람들 앞에서는 용감한 척했는데, 다행히 잘 먹혔다.

• 노래로 지나간 시절을 기억하듯이 내 생의 한 장면을 책 제목으로 기억해 보는 것은 어떨까.

• 우리 엄마는 독서를 좋아하신다. 어렸을 적 꿈이 잠깐 동안은 작가라고 하셨다. 언제는 유치원 선생님이라고도 하셨는데……. 엄마가 다시 꿈을 꿨으면 좋겠다.

• 엄마의 별명은 말자이다. 말자 씨, 말자 씨는 노래를 부르며 일하시는 것을 좋아하신다.

• 택배가 왔다. 책이 여러 권 배송되었다. 난 책에 대한 소장 욕구가 있다. 세계문학 전집을 여러 출판사 버전으로 모으는 것이 최종 목표이다. 배송된 책을 보며 생각한다. 세계문학 전집 읽는 것을 목표로 설정하지 않은 것이 다행이라고. 그 책들을 모두 읽고 완벽히 이해할 수 있는 날이 오기는 할까?

- 선물을 고를 때 떠오르는 것이 없다면 책을 선물한다. 장르는 받는 사람에 따라 다르다. 만약 선물 받을 대상자의 취향을 모른다면 제목이 유명한 고전소설을 선물한다. 자주 선물한 책은『데미안』,『이방인』,『인간 실격』,『젊은 베르테르의 슬픔』등이 있다.

- 써 놓은 글이 날아갔다. 뭐라고 썼더라.

- '오리 날다'는 정말 가능한 말이었다. 청둥오리는 날 수 있다고 한다. 만약 당신이 날고 있는 오리를 보고 있다면 어떤 제목의 책이 떠오를까?

- '그냥'이라는 단어를 좋아한다. 이유가 꼭 필요하지 않아도 되는 단어이면서 가장 솔직한 감정의 표현이 된다고 생각하기 때문이다. '그냥 좋다', '그냥 슬펐다'와 같이 있는 그대로를 보여 주는 말이다.

- 나는 내 생각보다 솔직하지 않다. 의식하든 의식하지 않든 간에 타인에게 나의 모든 것을 보여 줄 수는 없을 것이다. 사람이 입체적이라는 말이 이곳에도 쓰일 수 있다. 입체적이기 때문에 껍질 속 내부를 들여다볼 수 없다.

- 본인의 인생과 관련된 책이 있을 것이다. 자신이 공감할 수 있고, 내가 주인공이 된 상황에서 떠오르는 책이 분명 있다.

- 이 글이 가독성이 떨어지는 글이 아니었으면 좋겠다.

- 모르는 책도 많고, 알면서도 읽어 보지 못한 책들이 많다.

- 늘 책 한 권을 완독할 때마다 겸손해지는 느낌이 든다. 책을 통해 여러 감정을 느껴 보면서 생각도 다채로워지고 경험해 보지 못한 세계가 많다는 것을 깨닫게 된다. 그래서 나에게는 어떤 책이든 소중하다.

- 세상에 존재하는 모든 작가와 독자들이 책을 읽으며 행복을 느끼길 바란다.

- 내가 꾼 꿈은 허구인가 사실인가. 꿈에서는 집이 아니었는데, 집에서 꾼 꿈이다.

- 세계는 복잡하다. 과학자들은 세상을 단순히 설명할 수 있는 공식을 찾기 위해 노력한다. 그런데 이 순간에도 세계가 끊임없이 복잡해지고 있다면? 결국 이 세계는 어떤 끝을 맞이하게 될까?

- 어제까지의 나를 반성한다. 내가 힘들 때는 다른 사람이 어떤 고민을 말해도 들리지 않았다. 듣지 않았다는 표현 또한 맞다. 오히려 핑계라고, 응석을 부리고 있는 것이라고 생각했다. 그런데 지금, 내가 잘못 생각했었다는 것을 깨달았다. 그 사람은 나보다 몇 배는 힘든

상황 속에서 나의 고민을 들어 주고 있었을 수도 있다. 내가 엄두도 못 낼 만큼 세상을 바쁘게 살고 있을 수 있다. 다른 사람을 삐딱하게 봐 온 내 자신을 반성한다.

- 다한증이 있다. 손발에 땀이 많다. 필기를 할 때, 긴장했을 때, 어색할 때 손발이 난리가 난다. 주머니에는 낱장으로 휴지를 챙겨 다닌다. 손 소독제를 쓰면 손이 건조해진다는 말을 듣고 겸사겸사 휴대용 손 소독제도 함께 챙겨 다닌다. 다한증 때문에 불편한 점이 많다.

- 3일 연속으로 쉬는 날이 생겼다. 그런데 몸이 아팠다. 긴장이 확 풀려서 그런가 보다. 안 쑤신 곳이 없었다. 이틀 내내 누워서만 지냈는데, 정신을 차려 보니 휴일이 사라져 있었다. 나에게 남은 것은 잔뜩 코를 풀어 낸 휴지들과 이틀 전부터 답장을 보내지 못한 문자 메시지들뿐이다. 이왕 이렇게 된 거 오늘도 마저 푹 쉬어 보겠다. 자고 일어났을 때는 지금보다 한결 몸이 가벼워지길 바라면서…….

- 목차를 나누는 일이 너무 어렵다. 이 책을 마칠 때쯤, 어떤 차례로 목차가 만들어져 있을까?

- 어떠한 주제에 대해 사고를 다방면으로 하는 것은 늘 어렵다. 며칠 뒤 다시 생각해 보면 그때는 색다른 생각을 해낼 수 있을까?

- 내일이 개강이다. 매번 개강을 할 때마다 종강일 디데이를 설정한다. 시간이 빨리 지나가길 바란다.

- 다시 한번 언급하지만 배추의 본명은 배주현이다.

- 편지는 소중하다. 누군가의 글이면서 정성이 담겨 있기 때문이다. 오랜만에 손 편지를 받으니 행복하다. 손 편지의 감성이 좋다.

- 억울한 일이 생겼을 때, 어떻게 대처해야 하는지 아직도 모르겠다.

- 성실하기는 쉽지 않다. 습관이 들여진다면 한결 편하겠지만 습관을 들이는 것도 쉽지 않다.

- 꿈에서 거북이 네 마리가 사람을 등에 태우고 줄지어 행진을 했다. 날기도 했다. 꿈은 무의식을 반영한다는 이론도 있던데, 내 무의식은 어떤 종류의 의식을 가지고 있길래 이런 꿈을 꾸는 것일까?

- 겨울 가을 여름 봄, 봄 여름 가을 겨울
  왜 겨울이 맨 앞에 오지 않았을까?

- 소설이나 판타지 영화에 나올 법한 음식점에 가 보았다. 작은 통로로 기어 들어가면 앉아서 먹을 수 있는 탁자가 나온다. 도토리모임

친구들과 갔는데 작은 통로로 들락날락하는 모습이 다람쥐 같았다.

- 어린 시절에 나는 늘 남들보다 앞서간다고 생각했다. 한참 앞서간다고 생각한 어느 순간, 숨을 돌리려고 주변을 살폈는데 아니었다. 남들과 하는 경주가 아니라 나 혼자 달리고 있는 시합이었다. 남과 나를 나노 단위까지 분석해 보고 자존감이 바닥을 칠 때 깨달았다. 당신들은 당신들이고, 나는 나라는 것을. 그 후로 한결 마음이 편해졌다. 누구보다 잘되려고 애쓰지 않아도 된다. 누구보다 예뻐져야 할 필요도 없다. '누구보다'라고 비교할 이유가 없다. 눈치 보지 않고 꾸준히 달리는 나는 훌륭하다.

감사의 말

나만의 책을 만들어 보겠다는 결심을 하게 된 후, 글을 잘 써야 한다
는 생각에 펜을 든 손을 움직일 수 없었다. 부담감을 이겨 낸 후에는 나
의 책을 출판할 수 있을지 막연함에 포기하고 싶다는 생각이 들었다.
책에 대한 이중적 사고도 하게 되었다. 책을 읽으며 드는 생각은 오직
책 내용에 대한 생각이었다면, 책을 쓰며 드는 생각은 걱정, 불안, 좌절
뿐이었다. 이런 내가 글을 완성할 수 있도록 응원하며 용기를 북돋아
주신 분들께 감사의 인사를 하고자 한다.

책에 대한 고민으로 투정을 부릴 때마다 함께 해결책을 고민해 주고
용기를 돋아 준 여러 친구들에게 고맙다. 목차를 짜는 것조차 어려워
하던 나에게 부담을 내려놓고 생각을 단순화시킬 수 있도록 도와주었
다. 실패를 두려워하지 않게 응원해 준 것도 감사하다. '안 되면 말지!'
라는 마인드로 도전을 하더라도, 나도 사람인지라 책을 쓰는 일이 헛고
생이 될까 봐 걱정이 이만저만이 아니었다. 나의 실패를 감싸 줄 수 있
는 사람들을 알게 되어 행복하다. 작가 소개 그림을 그려 준 주연이, 책
의 그림을 도와준 배추와 유진이, 목차를 만들기 위해 힘써 준 예림짐
에게 고맙다는 인사를 전하고 싶다. 자주 책을 소개해 주고 선물해 준
미리, 수지, 필선이에게도 무한히 고맙다는 인사를 전한다. 더불어 책
의 소식을 들은 후, 내 일처럼 기뻐해 준 도토리 모임 다섯 명의 친구들
에게 감사의 인사를 하고 싶다. 당신들 덕분에 용기를 되찾는다.

　나의 든든한 후원자인 가족들에게 늘 감사를 전한다. 가족들의 뒷받침이 없었다면 지금의 나는 없었을 것이다. 나는 여러 일을 벌여 놓고 많은 실패를 만들어 냈다. 그럼에도 불구하고 무슨 일을 시도하던 변함없이 나를 믿어 주는 것에 무한히 감사한다. 존재할 수 없다고 믿었던 무조건적인 사랑을 증명받은 것이 아니겠는가!

　마지막으로 한 글자라도 이 책을 읽어 주신 모든 독자에게 감사하다는 말을 전하고 싶다.

참고 서적

ㄱ

게르드 브란튼베르그, 이갈리아의 딸들, 노옥재, 노옥재 외, 황금가지
(1996)

고가 후미타케, 기시미 이치로, 미움받을 용기, 전경아, 인플루엔셜
(2014)

곰돌이 푸, 서두르지 않아도 괜찮아, 알에이치코리아(2018)

곰돌이 푸, 행복한 일은 매일 있어, 알에이치코리아(2018)

구병모, 위저드 베이커리, 창비(2009)

권비영, 덕혜옹주, 다산책방(2009)

기욤 뮈소, 종이 여자, 전미연, 밝은 세상(2010)

김리연, 간호사라서 다행이야, 원더박스(2015)

김성리, 꽃보다 붉은 울음(한센인 할머니의 시, 삶을 치유하다), 알렙
(2013)

김현아, 나는 간호사, 사람입니다, 쌤앤파커스(2018)

김형철, 철학의 힘, 위즈덤하우스(2015)

(ㄴ)

나오미 앨더만, 불복종, 박소현, 민음사(2018)

니콜로 마키아벨리, 군주론, 이시연, 더클래식(2018)

닐 포스트먼, 죽도록 즐기기, 홍윤선, 굿인포메이션(2009)

(ㄷ)

다자이 오사무, 사양, 유숙자, 민음사(2018)

다자이 오사무, 인간 실격, 김춘미, 민음사(2004)

데일 카네기, 카네기 인간관계론, 안영준, 엄인정, 생각뿔(2018)

(ㄹ)

로버트 루이스 스티븐슨, 지킬 박사와 하이드, 안영준, 생각뿔(2018)

로버트 E. 하워드, 좀비 연대기, 정진영, 책세상(2017)

린다 로드리게스 맥로비, 무서운 공주들, 노지양, 이봄(2015)

(ㅁ)

미야베 미유키, 모방범 1~3, 양억관, 문학동네(2012)

미치오 카쿠, 평행우주, 박병철, 김영사(2006)

(ㅂ)

버트런드 러셀, 게으름에 대한 찬양, 송은경, 사회평론(2005)

베르나르 베르베르, 고양이 1~2, 전미연, 열린책들(2018)

베르나르 베르베르, 나무, 이세욱, 열린책들(2008)

베르나르 베르베르, 베르나르 베르베르의 상상력 사전, 임호경, 이세욱, 열린책들(2011)

베르나르 베르베르, 신 1~6, 이세욱, 열린책들(2008)

베르나르 베르베르, 잠 1~2, 전미연, 열린책들(2017)

베르나르 베르베르, 제3인류 1~6, 이세욱, 열린책들(2013)

베르나르 베르베르, 천사들의 제국 1~2, 이세욱, 열린책들(2003)

베르나르 베르베르, 타나토노트 1~2, 이세욱, 열린책들(2000)

베르나르 베르베르, 파피용, 전미연, 열린책들(2013)

ㅅ

생텍쥐페리, 어린왕자, 김미정, 더스토리(2018)

손원평, 아몬드, 창비(2017)

쓰네카와 고타로, 야시, 이규원, 노블마인(2006)

사토 겐타로, 세계사를 바꾼 10가지 약, 서수지, 사람과나무사이(2018)

신경숙, 외딴방, 문학동네(1999)

신지수, 며느라기, 귤프레스(2018)

ㅇ

알랭 드 보통, 불안, 정영목, 은행나무(2011)

알랭 드 보통. 왜 나는 너를 사랑하는가, 정영목, 청미래(2007)

알베르 카뮈, 이방인, 김화영, 민음사(2011)

알베르 카뮈, 전락, 이휘영, 문예출판사(2015)

어니스트 헤밍웨이, 노인과 바다, 김욱동, 민음사(2012)

엘링 카게, 자기만의 침묵: 소음의 시대와 조용한 행복, 민음사(2019)

올더스 헉슬리, 멋진 신세계, 이덕형, 문예출판사(1998)

요나스 요나손, 창문 넘어 도망친 100세 노인, 임호경, 열린책들(2013)

요한 볼프강 폰 괴테, 젊은 베르테르의 슬픔, 박찬기, 민음사(1999)

요한 볼프강 폰 괴테, 파우스트 1~2, 정서웅, 민음사(1999)

유시민, 어떻게 살 것인가, 생각의길(2013)

유현준, 어디서 살 것인가, 을유문화사(2018)

이기주, 언어의 온도, 말글터(2016)

이도우, 날씨가 좋으면 찾아가겠어요, 시공사(2018)

이도우, 사서함 110호의 우편물, 시공사(2016)

이민경, 우리에겐 언어가 필요하다, 봄알람(2016)

이사카 코타로, 사신 치바, 김소영, 웅진지식하우스(2006)

이진이, 미안하지만 오늘은 내 인생이 먼저예요, 위즈덤하우스(2018)

일자 샌드, 센서티브, 김유미, 다산지식하우스(2017)

ㅈ

자오첸첸, 치아문단순적소미호, 남혜선, 달다(2018)

작가1, 탈코일기, 북로그컴퍼니(2019)

정켈, 나는 오늘 행복할 거야, 팩토리나인(2018)

정호승, 나는 희망을 거절한다(정호승 시집), 창비(2017)

제레미 리프킨, 엔트로피, 이창희, 세종연구원(2015)

제임스 도티, 닥터 도티의 삶을 바꾸는 마술가게, 주민아, 판미동 (2016)

제프리 롱, 죽음 그 후, 한상석, 에이미팩토리(2010)

조디 피코, 마이 시스터즈 키퍼, 곽영미, 이레(2008)

조지 오웰, 동물농장, 도정일, 민음사(1998)

조지 오웰, 1984, 정회성, 민음사(2003)

ㅊ

찰스 부코스키, 망할 놈의 예술을 한답시고, 민음사(2019)

채사장, 지적 대화를 위한 넓고 얕은 지식(현실 너머 편, 철학, 과학, 예술, 종교, 신비), 한빛비즈(2015)

최은영, 내게 무해한 사람, 문학동네(2018)

ㅋ

콜레트 메나주, 노년 예찬(나이든 사람은 행복해야 할 책임이 있다), 심영아, 정은문고(2013)

ㅍ

폴 칼라티니, 숨결이 바람 될 때, 이종인, 흐름출판(2016)

프리드리히 니체, 차라투스트라는 이렇게 말했다, 장희창, 민음사 (2004)

ⓗ

하완, 하마터면 열심히 살 뻔했다, 웅진지식하우스(2018)

헤르만 헤세, 데미안, 전영애, 민음사(2000)

히가시노 게이고, 나미야 잡화점의 기적, 양윤옥, 현대문학(2012)

히가시노 게이고, 도키오, 오근영, 창해(2008)

히가시노 게이고, 마력의 태동, 양윤옥, 현대문학(2019)

Ⓕ

F. 스콧 피츠제럴드, 위대한 개츠비, 민음사(2003)

Ⓙ

J.D. 밴스, 힐빌리의 노래, 김보람, 흐름출판(2017)

J. M. 데 바스콘셀로스, 나의 라임오렌지나무, 박동원, 동녘(2010)

참고 영화

ⓘ ㄱ

제목: 거꾸로 가는 남자(I'm not a easy man)

감독: 엘레오노르 푸리아

주연: 뱅상 엘바즈, 마리소피 페르당, 피에르 베네지

장르: 코미디

개봉: 2018년 4월 13일

등급: 청소년 관람불가

시간: 98분

수입/배급: 넷플릭스

제작년도: 2018년

ⓘ ㅁ

제목: 마담 프루스트의 비밀정원

감독: 실뱅 쇼메

주연: 귀욤 고익스, 앤 르 니, 베르나데트 라퐁

장르: 드라마, 코미디

개봉: 2014년 7월 24일

등급: 전체관람가

시간: 106분

수입: 찬란, (재)전주국제영화제조직위원회

배급: 찬란

제작년도: 2013년

제목: 무드인디고

감독: 미셸 공드리

주연: 로망 뒤리스 오드리 토투, 게드 엘마레

장르: 드라마

개봉: 2014년 12월 11일

등급: 15세 관람가

시간: 95분

수입: 더블앤조이 픽처스

배급: ㈜프레인글로벌

제작년도: 2013년

○

제목: 이터널 선샤인

감독: 미셸 공드리

출연: 짐 캐리, 케이트 윈슬렛

장르: 로맨스/멜로/SF/코미디

개봉: 2005년 11월 10일

등급: 15세 이상 관람가

시간: 108분

수입: 씨맥스픽쳐스, ㈜영화사 아이비전

배급: 코리아픽쳐스, ㈜노바미디어

제작년도: 2004년

책제목 메들리 인생

ⓒ 이가은, 2019

초판 1쇄 발행 2019년 5월 10일

지은이   이가은
펴낸이   이기봉
편집   좋은땅 편집팀
펴낸곳   도서출판 좋은땅
주소   경기도 고양시 덕양구 통일로 140 B동 442호(동산동, 삼송테크노밸리)
전화   02)374-8616~7
팩스   02)374-8614
이메일   so20s@naver.com
홈페이지 www.g-world.co.kr

ISBN   979-11-6435-299-9 (03810)

이 도서의 국립중앙도서관 출판예정도서목록(CIP)은 서지정보유통지원시스템 홈페이지(http://seoji.nl.go.kr)와 국가자료공동목록시스템(http://www.nl.go.kr/kolisnet)에서 이용하실 수 있습니다. (CIP제어번호 : CIP2019016959)